U0029960

—鄭丰武俠短篇精選集—

杏花渡傳說

目錄

古宅風情

一座宏偉的古宅之前，巍然矗立著一株枝葉茂盛的百年梧桐。仲夏正午，日頭極烈，梧桐樹的濃蔭卻遮得樹下猶如傍晚。陰暗的樹影中悄沒聲息地站了一個全身白衣的小女孩，正抬頭往樹上望去。女孩約莫六、七歲年紀，一張臉圓如滿月，一對眼睛細如月牙，小嘴緊閉，臉上全無笑容，嚴肅中帶著幾分天真可笑。她仰著頭，雙眼直望著濃密的枝葉當中一個小小的身影。乍看之下，那似乎是隻松鼠或雀鳥；細看下才看出那是個身形瘦小的男孩兒，笑嘻嘻地在梧桐樹離地七、八丈高處攀爬縱躍，穿梭於粗如手臂的枝椏之間，身形輕靈敏捷，猶勝猿猴。小女孩肅然仰望，漆黑的瞳孔在細細的眼睛中，隨著男孩的身形微微轉動。

寂靜之中，古宅紅漆斑駁的大門呀的一聲打開了，一個年老僕婦站在門口，喚道：「小姐！快進來，外頭熱哪！」女孩兒文風不動，有若未聞。老婦蹣跚地走到樹下，拉起女孩兒的手，說道：「妳早沒了娘，老爺又剛出了事，快聽話，回屋裡去！」

小女孩甩開了老婦的手。老婦甚是不悅，埋怨道：「妳這小娃兒，爹娘都沒了，偏又是這般孤僻性子，瞧以後誰來睬妳？」

小女孩全不理會，只顧抬頭望向樹上的小男孩兒。老婦也瞇眼往樹上望去，看清楚了那男孩子的身形，啐了一口，罵道：「我道是誰，原來又是這猴子偷兒！你膽子不小，竟敢來我容家大門前耍猴戲兒！待我叫人拽你下來，飽打一頓！」

小男孩高高跨坐在枝椏上，兩條腿胡亂晃動，低頭向老婦做個鬼臉，隨手摘下幾粒梧桐子往下亂扔，一粒正打在老婦的鼻梁上。

老婦大怒，一邊咒罵，一邊快步回入古宅，高喚：「來人哪！那猴小賊又來了！」

小女孩仍舊站在樹下，抬頭凝視著男孩，男孩向她做了個鬼臉。女孩忽然往前幾步，來到樹根之旁，手腳並用，往樹上爬去，身手竟十分靈活，不多時便爬到了男孩坐的枝椏之旁。男孩睜大眼睛，拍手笑道：「我還真看不出來，妳爬樹的功夫倒挺不錯的！」

女孩面無表情，凝望著男孩，冷冷地道：「你幹麼老來我家偷東西？」

男孩身子向下一翻，用腿彎勾著樹枝，倒掛在半空，笑嘻嘻地道：「因為我高興！」

女孩神色肅然，說道：「你可知我爹爹是誰？」男孩道：「誰知道妳爹爹是誰？」女孩正色道：「我爹爹是通州最高明的捕頭，專抓你這等可惡的小賊！」男孩仍自倒掛著，隨風搖晃，笑道：「但妳爹爹不是死了麼？不然妳幹麼一身白衣？」

小女孩瞇起雙眼，一張圓臉忽然滿是煞氣，倏地向前一撲，雙手直往男孩臉上抓去。男孩驚呼一聲，雙腿一鬆，跌下樹枝，小女孩撲了個空，也跟著往樹下跌去。男孩當日已在樹上攀爬了一陣，熟悉樹形，反應極快，左手一撈，及時抓住了一根樹枝，穩住身形，女孩兒卻直直跌了下去，砰的一聲摔在樹下的土地上。

男孩驚得臉色發白，低頭叫道：「喂，妳沒事麼？」見那女孩動也不動，匆忙爬下樹來，蹲在地上看那女孩，但見她一張圓臉面無血色，雙目緊閉。男孩伸手搖了搖她，急道：「妳不會就這麼死了罷？妳不要死啊！」

便在此時，方才那老婦領著五、六名家丁奔出古宅大門，指著男孩道：「就是那小子！他連著幾日來廚房偷吃偷喝，又在正屋外探頭探腦，不是個好東西。快捉住了他！」

男孩只顧觀望那女孩，全沒理會眾家丁圍將上來，七手八腳地將他按在地上。老婦這才見到小女孩一動不動地躺在當地，大驚失色，衝上前抱起她，叫道：「小姐！小姐！」見女孩昏迷不醒，轉身一把揪住男孩的衣領，罵道：「你這殺千刀的賊猴子，你把小姐怎麼了？」

男孩也不過八、九歲年紀，在幾個大人的執持下顯得更加瘦小，此時已驚慌得說不出話，只斷斷續續地道：「我……我沒做甚麼，她自己從樹上摔下來……」

便在此時，忽聽馬蹄聲如雷般響起，一群十多騎快奔而來，停在古宅之前，騎者服色皆為官府中人。當先一個矮壯官人向著一眾家人喝道：「通州神捕容不得大人的祭禮，可是在此？」

家丁互相望望，都瞠目不對。老婦只顧抱著女孩哭泣，全沒聽見。馬上那矮壯官人沉下臉，提高聲音又喝問了一次：「通州神捕容不得大人的祭禮，可是在此？」

老婦嚇了一跳，這才站起身，結結巴巴地道：「容老爺……老爺的祭禮？夫人過世得早，老爺又沒個遠近兄弟，這祭禮……我們下人也不知道該如何辦……」

矮壯官人不再理她，向餘人道：「是這裡了！」又對老婦道：「聽說容大人有個女兒，就是這小女孩麼？」老婦點了點頭。矮壯官人臉現喜色，說道：「抓起來了！」

便有幾個差役模樣的人跳下馬來，推開老婦和幾個家丁，將女孩抱了過去。

老婦驚叫道：「你們做甚麼？」

那矮壯官人全不理會，指著容家大宅道：「把守四門，不讓任何人出入。將這些下人全關了起來。大夥兒進去，給我仔細地搜！」

✠

古宅深夜。

狹小暗室之中，一眾下人垂頭喪氣地坐在地上，怨嘆自己為何不曾早點捲帶些金銀古董，遠走高飛。主人容老爺遠在通州城中任職捕快，常年不在家中，出事後只見得棺材送回家來，留下個六、七歲的小姐，能管得甚麼事？現今官府派人抄家，一眾下人全都脫不了干係，一番拷打訊問是免不了的了，只怕還得落個充軍變賣、客死他鄉的下場。眾人正悔恨驚憂交集，全沒留心方才跟他們一起被捉住關起的那個瘦小男孩。男孩悄悄地縮到屋角，趁沒人注意時，身子忽然向上一彈，不知怎麼就躍上了屋樑，從瓦縫間鑽了出去。

男孩悄然爬在屋脊之上，側耳傾聽。過去一個月中，他聽從嬸娘的指示，每日都潛進這古宅，將各處房舍廳堂、庭園廚廁都摸索透了，將每件傢俱陶瓷、衣物書籍都翻看遍了，但仍找不到那事物。他嬸娘極為不耐，聲色俱厲地向他喝叱道：「容不得死前，每年都一定請鏢局護送幾車事物回老家，那事物肯定藏在這古宅之中。他平時不住在此，只留些不會武功的僕役看守，也不怕人來偷盜，想必將事物藏在極為隱密的祕室中。你找了這麼久都毫無線索，關鍵一定在他的獨生女兒身上！」男孩想到此處，縮起肩頭，苦著臉暗想：「但盼那女孩兒沒摔死才好！」

此時已過三更，四下一片漆黑寂靜，只有正屋仍燈火通明。男孩觀望一陣，悄然從屋脊滑下，輕輕一縱，跳上了中庭的樹枝，穩住身形，又跳上了正屋的屋頂，落足出奇輕巧，半點聲響也沒發出。他伸手慢慢移開了一片屋瓦，低頭往屋中望去。

但見為首的那矮壯官人，正站在一張巨大的樟木圓桌之前，桌上放滿了各式各樣的珍奇寶貝、古董字畫，他的手下差役仍不斷從各處抄出一箱箱的事物來放在桌上。那官人手持油燈，一件件拿起來觀看，皺眉搖頭，又一件件放下。看了好一陣子，他終於嘿了一聲，說道：「都不是！給我叫醒了容家小姑娘，帶她過來。」男孩聽了，暗暗吁了口氣，心想：「幸好她未曾跌死！」

過不多時，便有人將容小姐帶了進來。她仍舊一身白衣，頭髮散亂，腦後的兩條辮子只一條還用白絲線繫著，另一條已全散掉了，披在背後。她睡眼惺忪，一張圓臉雖蒼白，神色卻十分沉著，冷然瞪著眼前這群陌生的官差，毫不畏懼。

那矮壯官人問道：「妳爹爹生前最喜愛的事物，都收在哪裡？」

容小姐指了指大圓桌子，說道：「不都在這兒了？」官人又問：「妳爹爹死前，可告訴過妳這大宅中有何隱密的藏寶室？」容小姐搖了搖頭。

官人臉色一沉，往大桌一指，說道：「妳爹爹身為捕快，卻暗中吞沒這許多贓物，如今全給我搜出來了，罪名足以抄家滅門！但有幾樣重要事物，我們尚未找著，想是被妳爹爹藏在隱密之處。妳若不想挨板子，便趕緊說出，我大發善心，或可替妳減輕罪刑！」

容小姐冷然瞪著他，靜靜地道：「我爹爹很少回家，就算回家時也很少跟我說話。他若真有甚麼藏寶室，又怎會告訴一個六歲的小孩子？」

那官人一怔，心想：「這女娃年紀太小，或許真的甚麼也不知道。」仍厲聲道：「在我談大人面前，說謊的下場可是極慘的！妳今晚好好想想，明日我再問妳！」吩咐手下道：「今晚別給她東西吃，餓她一晚。明兒一早帶她來見我，她再不說，大棍伺候！」幾個差役答應了，將容小姐帶了下去。

官人又喚道：「將那些下人一個個帶來，嚴刑拷問！」

男孩悄悄從屋簷後探出頭來，望著差役將容小姐帶入了一間偏房。他等了一陣，才慢慢爬過屋簷，踏上圍牆，來到偏房的屋頂，掀開屋瓦，往下看去，不由得一驚。卻見容小姐坐在屋子當中，仰著頭，一雙細細的眼睛正望著自己。小男孩定了定神，從屋瓦縫隙中鑽入，一躍而下，正落在容小姐身前，著地悄然無聲。

容小姐毫不驚訝，只面無表情地望著男孩。男孩卻難掩欣喜，拉起她的手笑道：「太好啦，我還擔心妳當真跌死跌傷了！」

容小姐微微一怔，抽回了手，問道：「你是誰？」

男孩笑道：「我叫采丹。精采的采，靈丹的丹。妳呢？」

容小姐道：「我叫容情。容易的容，無情的情。你跑來我家做甚麼？」

采丹道：「我老實說罷，我來妳家是為了找回我叔叔的遺物。」

容情問道：「你要找甚麼？」

采丹道：「翠玉白菜。」

容情點了點頭，說道：「那是我爹爹生前最喜愛的東西。」

采丹拍手喜道：「翠玉白菜果然藏在妳家！妳爹爹生前跟妳說過些甚麼？」

容情靜了一陣，才道：「他死前只跟我說過兩件事。他說他曾救過一個了不起的人物，他若死了，這個了不起的人物一定會來找我，將我帶走。」

采丹嗯了一聲，問道：「那是甚麼人？」容情道：「他說這人叫作天風老人。」

采丹搖頭道：「沒聽說過。那第二件呢？」

容情抬眼望向他，說道：「第二件事，是他藏起了幾件要緊物事，他死後我可以去找出來。」

采丹眼睛一亮，忙問：「藏在哪裡？」

容情臉上露出一絲傲色，說道：「我為甚麼要告訴你？」

采丹搔了搔頭，說道：「說得也是。那……那我還是自己慢慢找罷。」

容情嘿了一聲，說道：「你找不到的。我帶你去罷。」

采丹大喜過望，笑道：「太好了！」接著一頓，又問：「妳為甚麼要帶我去？」

容情站起身，說道：「那些壞人要搶走我爹爹的東西。我不告訴他們藏在哪裡，他們在這古宅中便搜上一百年也搜不到。我可不想他們在這兒住上一百年。那地方很難去，我需要你幫我。」

采丹連連點頭，說道：「好極！」

✠

四更時分，采丹帶著容情溜出偏房，避開古宅中的官差，悄悄來到書房外，只聽得拷打哀叫之聲遠遠從正屋傳來。容情來到書房的一扇照壁之後，伸手在壁上按了幾下，壁腳一塊石板倏然翻開，出現了一個半人高的洞口。容情當先鑽了進去，采丹也忙跟上，接著眼前一黑，身後的石板已然關上。

容情拉起采丹的手，另一手摸著牆壁，當先行去。那是條極長的甬道，左曲右拐，容情有時經過幾個開口卻不進去，有時卻繞個大彎回頭而行，口中唸唸有詞，似乎在靠著口訣尋路。這地下甬道便如一個巨大的迷陣，而容情顯然對這迷陣極為熟悉，在黑暗中快步行去，毫不猶疑。采丹心中忐忑，卻不敢出聲打擾她，只跟著她彎彎曲曲地行走了不知多久，但覺腳下傾斜，似乎越走越深入地底。又過了許久，才看到前面有些許光線，再走出一段，來到一間直徑五尺的圓室，發現光線是從頭頂照下。

兩人一齊抬頭往上看去，但見極遠處一團小小圓圓的微光，總有數十丈之遙，原來二人竟是在一口極深的乾枯井底。采丹吹了聲口哨，說道：「誰料得到，這古宅地底竟然有個大迷宮！而祕室竟是在一口深井底下！」

容情微微點頭，說道：「如今只有我識得地底的路徑，別人若闖進來，就再也別想出去了。」她往上指去，再說道：「你瞧見了麼？井壁上十丈高處有個小洞，洞中有個鐵盒，爹爹留給我的事物就藏在那鐵盒當中。你取得鐵盒，千萬不要打開，盒中有機括，讓我來開。」

采丹天賦異稟，又自幼練習家傳輕功，年紀雖小，輕功已是非同凡響。他抬頭觀望了一陣，便手腳並用，沿著井壁往上攀去，不多時便來到洞口，伸手一探，取出一個鐵盒，鐵盒上刻著一個八卦。他緩緩攀下，將鐵盒遞給了容情。

容情接過了，記起父親生前的囑咐，在盒蓋上的八卦圖上依照「乾、坎、艮、震、巽、離、坤、兌」的順序按下，鐵盒輕輕一響，蓋子啪的一聲打開了。

暗淡的月光下，但見鐵盒中放著兩件物事：一件是一塊金色的令牌，另一是一棵五寸長短，雕刻得極為逼真的白菜，似是翠玉所雕。

采丹喜叫道：「翠玉白菜果然藏在這兒！」

容情望向采丹，問道：「這白菜有甚麼稀奇？」

采丹眼中閃著光芒，說道：「這白菜可大有來頭。當年太祖皇帝開國登基，打開元大都皇宮城的寶庫，其中最珍貴的一件寶貝，便是這件由宋徽宗派人花了三年時間尋得的極品青田美玉，又特聘巧手工匠精心雕琢成的翠玉白菜。後來我叔父采珍練成了采家獨門輕功，獨闖紫禁城藏寶庫，神不知鬼不覺地偷出了這棵翠玉白菜，轟動江湖。」

容情嗯了一聲，說道：「你輕功極好，你叔叔的輕功想必更加厲害。」

采丹微笑道：「我們采家的輕功號稱武林三絕之一，數百年來不傳外姓。我叔叔是采家最後一個傳人了。」忽然笑容停歇，望了容情一眼，續道：「但他不慎失手，被妳爹爹通州神捕抓到了。當時情況緊急，他為了保護采家輕功祕訣，匆忙將祕譜藏在這白菜裡面。他知道妳爹爹最喜愛奇珍異寶，見到這翠玉白菜一定愛不釋手，必將偷偷留下把玩，不致充公，也絕不會懷疑裡面藏有東西。」

容情一呆，說道：「裡面藏有東西？我確實常常見到我爹爹把玩這翠玉白菜，珍愛非常。但這小小白菜裡能藏著甚麼東西？」

采丹一笑，一手持著菜身，一手捏住菜柄，輕輕一轉，那菜柄竟真能轉動取出，白菜頂部露出一個小孔，孔中果然藏著一卷薄薄的書譜。采丹取出了，卻見上面寫著《采氏御風神譜》六個字。采丹一笑，將祕譜收入懷中，將翠玉白菜的菜柄栓上了，放回鐵盒，說道：「這白菜本原不是我采家的，既然妳爹爹喜歡，便還了給妳罷。」

容情似乎有些意外，卻沒有說甚麼。她低頭望向盒中那張金色令牌，但見上面龍飛鳳舞地刻著八個字：「持此令者，天風齊護」。

采丹湊著看了，笑道：「妳說妳爹爹救過天風老人，莫非這就是天風老人留下的東西？」

容情搖頭道：「我也不知道。趁天未亮，我們快離開這兒罷。」

她當下領著采丹快步奔過漆黑的地底甬道，回到了照壁入口。才鑽出洞口，便聽幾聲冷笑，十多人持著火把圍將上來，將采丹和容情圍在中心，火光下看清楚了，正是那群官差。采丹大驚失色，容情也臉色蒼白，伸手握住了采丹的手，心中都想：「他們怎會知道這入口？」容情見幾個家丁站在眾差役之旁，心中雪亮：「定是有人禁不起拷打，說出了地底迷陣的入口。」

兩個孩子登時被眾差役捉住，鐵盒也給奪了去。眾差役將兩個孩子押去正屋，但見談大人好整以暇地坐在堂上，手中正托著那只鐵盒，哈哈大笑道：「踏破鐵鞋無覓處，得來全不費功夫！容小娃子，妳不肯說出祕室所在，卻自己取了寶貝來送給我！」

容情冷然望著他，一言不發。

談大人厲聲道：「快將盒子打開了，我或可饒妳一死！」

容情瞪著他，過了半晌，才道：「鐵盒上的八卦圖形，你照這順序按下，就能打開。兌、坤、離、巽、震、艮、坎、乾。」

談大人大喜，依照順序按了，正要打開鐵盒，忽聽一人喝道：「且慢！」

一團灰影陡然從屋頂躍下，落在談大人面前。那是個婦人，臉上蒙布，雙眉斜吊，眉下一對眼睛銳利如刀。

談大人輕哼一聲，說道：「心狠手辣采二娘，竟也想染指容家寶物？」

采丹見到她，開口叫道：「嬸娘！我……」

采二娘橫了他一眼，喝道：「無用小子，給我閉嘴！」向談大人道：「我派我姪兒來此盜寶，若不是他，也無法騙得容家小娃心甘情願去取寶物。你這盒中的事物，我得分一半！」

談大人顯然對這采二娘頗為忌憚，說道：「好！盒中的天風令牌歸我，其餘都歸妳。」采二娘嘿嘿一笑，說道：「談大人果然爽快。東西既然到手，這女娃留著也沒用了。」左手揮處，三柄飛刀直向容情射去。

采丹在采二娘出手前便已瞧出端倪，大驚失色，脫口叫道：「不要殺她！」掙脫押著自己的差役，快速竄出，抱著容情滾倒在地，險險避過了這三刀。

采二娘又驚又怒，喝道：「渾蛋小子！容不得老賊是害死你叔叔的大仇，你竟迴護他的女兒？」

采丹囁嚅道：「但……但這不關她的事啊。」

采二娘神色冰冷，陰惻惻地道：「背叛親叔，相助仇敵，采家沒有你這等不肖子！」陡然又射出一柄飛刀，直取采丹胸口。采丹絕未想到嬸娘竟會對自己狠下殺手，驚得呆了，更不知閃避，還是容情及時拉了他一把，往旁一滾避開了，這刀才只在采丹瘦小的肩頭劃出一道血痕。

便在此時，忽聽遠處傳來一聲大喝：「渾帳！」

這聲大喝響亮已極，好似空中打了個暴雷，在這偏僻寂靜的古宅中更顯突兀。眾人都是一呆，一齊轉頭往廳門外看去。

但聽一聲馬嘶，那聲音又罵了起來：「他媽的無用劣馬，我養你這許多時日，全是白費心血！」只見中庭忽然多出了一匹馬和一個人，眾人都不由得大奇。一匹馬要來到中庭，必將經過前院石板地，何以各人並未聽聞半點馬蹄聲響？

仔細一看，才發現原來來人既非騎在馬上，也非站在馬旁，卻是將整匹馬扛在肩上，這氣力委實驚人。那人身形高大，一頭灰髮散亂骯髒，垂胸長鬚糾成一團，臉如黑炭，目如銅鈴，頗有鍾馗之風，而又比鍾馗更多了三分瘋態。

談大人和采二娘對望一眼，都摸不準這人究竟是個武功高手，還是個失心瘋的狂人，暗自戒備。

但見老人扛著馬大步走入大廳，瞇著眼向眾人環望一圈，呵呵笑道：「好極，妙極，通州神捕去世後，來他家祭拜的正是天下兩大巨盜！蛇蠍知府談天明、心狠手辣采二娘，你們好啊！」

談大人緊緊抱住鐵盒，退後幾步，喝道：「你是何人？」采二娘也退到他身旁，低聲道：「點子不好對付。快開了鐵盒，對分寶物，各自走人！」

老人連連搖頭，說道：「這盒子開不得。你想要這天風令，也不必如此賣命罷？」

談大人哼了一聲，右手用力，掀開了盒蓋。忽聽一聲淒厲的慘叫，鐵盒哐噹落地，談大人雙手按著臉面，驚呼道：「毒針！毒針！」語音未歇，人已倒在地下，面色發黑，氣絕而亡。眾差役手下見此變故，都嚇得呆了，發一聲喊，狼狽萬狀地逃出了容家古宅。

老人望向容情，笑瞇瞇地道：「好，好！小小年紀，便懂得運用機關，狠下殺手，我喜歡！妳想必是容不得的女兒了？」容情臉色雪白，點了點頭。

老人微笑道：「我是天風老人，妳爹爹是我恩人。他說他若死了，便要我將妳帶走。他可跟妳說過這事？」容情又點了點頭，睜著一雙細眼望向天風老人，眼神中夾雜著興奮驚異，以及幾分不可置信。

大廳角落，采二娘緩緩伸出手，去撿跌在地上的鐵盒。

天風老人輕哼一聲，冷然道：「對小娃娃都肯狠下殺手，其中定有不可告人之事。妳若不想死，就別碰這鐵盒！」采二娘手指已碰到鐵盒，卻自僵住，不敢再動。

天風老人隨手將肩上扛著的馬放下了，馬兒長嘶一聲，在廳中小跑起來。那馬身形雖瘦，在廳堂上卻顯得極為龐大突兀，跑了兩圈，已將桌椅踢倒了好些。

天風老人悠然道：「別人家的事，我原本管不著。但這兒的事情，偏偏容不得死前全告訴我老頭子了。妳求采珍傳妳采家輕功，采珍不肯，妳便向容不得通風報信，讓采珍被捕，關入大牢，最後更買通獄卒將他毒死。最毒婦人心，但如妳這般為了學武功而害死親夫，倒也古今少見。」

采二娘臉色雪白，尖聲道：「天風老人向來不管閒事，卻為何來插手我容家家事？夫死妻繼，他留下的東西自然歸我！」

天風老人連連點頭，說道：「確實，確實。如果采家的人都死光了，那采家輕功祕譜妳要拿去，也沒人能多說一句。但妳畢竟沒能殺死采家的最後一人。」說著向采丹一指。

采二娘惡狠狠地瞪向采丹，眼中如要噴出火來。采丹大覺驚恐，不由自主縮到了天風老人身後。他雖知嬸娘陰險深沉，卻也沒想到她為了奪得采家輕功祕譜，竟能狠毒到害死叔叔，更沒想到她老早存心殺死自己，過去一年來只不過是想利用他偷回輕功祕譜，才讓他活了下來。

天風老人忽然又喝罵起來：「你這畜生，放你跑兩步路，你就發起癲來了！快給我停下，不然我可要不客氣了！」右手一伸，手掌正抵在那馬前胸，那馬再也無法往前半步，長嘶一聲，人立起來。天風老人順勢一蹲，又將馬扛在肩上。

采二娘只看得臉色發白，悄悄後退幾步，心知有這武功奇高的瘋癲老人在此，自己今日絕對討不了好去，旋即雙足一點，從窗戶竄了出去，隱沒在黑暗中。

天風老人嘿了一聲，說道：「惡婆娘走啦。我瞧她不會敢再回來了。喂，兀那男娃娃，你叫甚麼名字？」

采丹抬頭盯著天風老人肩上的馬，但見牠四蹄亂踹，不斷掙扎，卻無法掙脫天風老人的手臂，不由得又是吃驚，又是好笑。他定了定神，回答道：「我叫采丹。」

天風老人點點頭，伸手拍拍馬肚子，說道：「我這笨馬餓了，我得帶牠回去鎮上的石頭客棧，讓店伴給餵飽了草料。我在那兒總要住上個三、五日。整日價跟我這笨馬打交道也著實膩人，要有些娃娃陪我說話，倒也不是壞事。」說完再不看兩個孩子一眼，逕自扛著馬奔出大廳之門，但聽馬嘶聲遠遠傳來，一人一馬竟似已到了數里之外。

✠

容情用僅剩的幾兩銀子請了兩個壯丁，將父親的棺柩葬在古宅後的家墓中。她獨自回入古宅，下人們早已捲了一切拿得走的金銀珠寶、家具古董，遠走高飛了。從小帶大容情的老婦也在兒子的慫恿催促下，偷了兩箱夫人生前的首飾逃跑了。

午後的古宅一片幽森寂靜，只剩下容情小小的、孤獨的身影。她默默換下喪服，收拾起一個包袱。她知道這大屋不能再住了，古宅地底的迷宮也不能再去了。她要去投靠天風老人。她向自幼生長的古宅望了最後一眼，推開紅漆斑駁的大門，跨出門檻。

烈日映照之下，迎面便見一個小小的身影坐在門外的梧桐樹上，笑吟吟地望著她，正是采丹。

他高踞樹梢，雙腿輕輕搖晃，笑嘻嘻地道：「我等妳好久啦。咱們走罷！」容情小口微張，呆了一陣，才回身闔上古宅大門，走到樹下，抬頭仰望，臉上露出多年未曾出現的笑容。采丹從樹枝上躍下，落在容情的身前。兩個孩子在梧桐樹的濃蔭下互望一陣，便並肩行去，身影漸漸消失在官道盡頭。

數里之外，石頭客棧門外，天風老人正將一輛大車套上瘦馬，口中叨叨絮絮地罵著：「蠢馬、爛馬，我好不容易找到了恩人遺孤，又撞見個天資奇佳的采家後代，正趕著帶兩個娃兒回天風堡去好生調教。你這天殺的劣馬卻這般憊懶懶、慢吞吞的，豈不是要急死了我？」

（完）

劍徒

楔子

「一柄寶劍，換一個壯士的命，值得！」

廳堂中一片肅靜，只有那口音濃重的「值得」兩字，餘音在樑間迴繞。十來個壯年人圍著一個老者而坐，個個凝神屏息，在沉靜中認真地體會品嘗老者的話語。後院傳來斷斷續續的數聲叮噹之響，像是有人在打鐵，遙遠而模糊，全不打擾屋中眾人的專注沉肅。

終於，為首的壯年人開口了：

「請問師父，如何換法？」

「你們聽好了，」師父身子微微前傾，凝望著身前這群最親信弟子，說出他在心中反覆思慮良久的一番話來：「那人必得擁有這柄寶劍，才敢赴對手的決鬥之約。而世上唯有那個對手，方可令他全力以赴，激戰一千招後才決高下。」

他頓了一頓，身子更向前傾，眼光向群弟子掃視一周，壓低聲音道：「唯有在他力戰之餘，身心俱疲，志得意滿之時，偷襲才能成功！」

師父說完了，吐出一口氣，身子往後靠上椅背，鬆開緊握椅臂的雙手，從身旁的矮几上拿起了一柄劍。

眾人的目光都集中在那柄劍身上。這些人可不是一般的觀劍者，他們全是當世一等一的行家。他們望向那劍時，眼睛都亮了起來，目光中流露的，是由衷的激賞，全心的贊嘆，如同見到天上才有的至寶。

師父雙手捧劍，低頭細細觀賞，臉上露出滿意的微笑，輕聲贊嘆：「世上不可能有比這更鋒銳的劍了。要換壯士的命，也必得要這樣一柄世間無雙的寶劍！」

第一章

那天夜裡的雪下得特別大。

飛雪滿天，風聲盈耳，如此嚴酷的風雪天候，原是不適合旅人在道上奔波的。但在蒼草山腳下，白茫茫的雪地裡，卻出現了一個旅者的身影。他身披破舊的灰色大氅，手戴粗厚的皮手套，緊緊攥著衣襟，低頭迎向狂風大雪，緩慢而執著地，一步步向前邁進。

乍看之下，這便是個尋常的旅者，為了生計或是別的原因，才在這等惡劣天候中艱辛地趕路。但再看之下卻又不像了：這人走路遠比一般旅者快捷，顯是個年輕健壯的漢子，體力過人，說不定還練過幾年功夫。且他身上並無背負貨物，也無包袱，唯獨從大氅之下突出一柄直長的事物，靠在肩膊之上。那事物以厚棉布層層裹著，看不出是甚麼，只隱約看出旅者的右手在大氅下緊緊把持著，似乎十分珍貴緊要。

就在這狂風呼嘯、飛雪滿天之夜，旅者冒著酷寒，往蒼草山腳下一間粗簡的木屋行進。木屋的小方窗中透出黯黃的光線，旅者來到木屋十多丈外，屋中陡然傳出一聲暴喝：

「來者報名！」

旅者停下步來，伸手扯下遮住臉面的粗毛布圍巾，迎著風雪高聲喊道：「劍師傳人劍徒，拜見史大俠！」

木門啪的一聲開了，一個高大的身影出現在門口。那是個滿面鬍髯的漢子，朗聲笑道：「劍徒，原來是你！我正料想你今夜會到。」

旅者快步走近門前，取下皮帽，露出一張約莫十七、八歲的年輕面孔，稚氣未脫的臉上滿是笑容，喚道：「史大哥！」

史大哥側身讓他進屋。那名叫劍徒的青年拍去肩頭積雪，脫下大氅，抖去數團雪塊，與史大哥並肩跨入那透出黃色燈光的木屋。

劍徒是個身形結實的青年，但他在史大哥的身旁一站，卻直如一個尚未長成的瘦弱少年。這史大哥足有六尺高，破舊單衣下的身軀健壯得如同一株古松，配上他的滿腮鬍髯、劍眉大眼，首次見到他的人莫不為他威武的形貌所震懾。而若聽到他的名號，那更要大吃一驚，肅然起敬了——他便是名震天下的「青雲劍客」史青雲。

江湖上至今仍舊津津樂道關於史青雲的事跡：他二十歲出道，在一年之中以一柄長劍挑戰當代十大劍客，十場皆勝，且都勝得極為漂亮，登時轟動武林。十多年來，史青雲憑著超卓的劍術和過人的義勇走遍大江南北，擊敗無數劍客武師，殺死無數土匪惡霸，贏得江湖中人的尊重敬服，俠名響遍神州。

劍徒此時面對的，就是這麼一位當世豪傑，一代劍俠。他抬頭望向史青雲，這木訥的孩子不知該說甚麼，只望著眼前的英雄微笑，搓著凍得發僵的雙手，臉上顯出由衷的仰慕之色。

史青雲伸手拍上他的肩膀，爽朗地大笑道：「劍徒，上回見到你，你還只有十二、三歲罷！轉眼你已長得這麼大了！好個小伙子！你師父好麼？」

劍徒透出赧然的神色，點了點頭，說道：「師父好。」頓了頓，又道：「師父讓我送劍來。」說著將懷中的長形事物輕放在木屋當中的方桌之上，小心地打開層層棉布包裹，露出一柄青色的五尺長劍。

這柄劍比一般長劍重而長，想是特意為史青雲的身形打造的。劍鞘是青色的牛皮革所製，纏著紅色絲線，劍柄上裹著層層布帛，讓使劍者易於掌握。

劍靜靜地躺在棉布之上。對一個劍客來說，伸手觸摸這柄未曾使用過的劍，就如同擁抱一個未經人事的少女一樣，是令人興奮卻又神聖肅穆不可輕忽之事。史青雲神色凝重，雙目直視著那柄劍，吸了一口氣，左手托起長劍，右手握住劍柄，緩緩拔劍出鞘。

燈光照耀下，首先脫出劍鞘的三寸劍身發出耀目的青光，有若深秋中夜清亮寒冷的月色，彷彿百尺玄冰深沉幽緲的微光。

史青雲屏著息，緩緩將劍身盡數拔出，輕輕放下劍鞘，雙手將劍橫托在面前，目不轉瞬地望著劍身，用沉穩的雙手和敏銳的目光測度它的線條，它的光澤，它的力度，它懾人的殺氣和奇異的美。

史青雲凝望了一陣，伸手從頭上拔下一根頭髮，讓它從空中飄落。那頭髮一觸及劍鋒，便倏然斷為兩截，向兩旁落下，這劍果然無比鋒快！他右腕抖動，劍身在空中畫出散亂的劍光，那根頭髮竟被他斬為十幾段，紛紛飄落於地。頭髮乃是極為纖細柔軟之物，原本更難以長劍斬斷，但這柄劍的鋒銳加上史青雲的高妙劍術，竟將一根頭髮在空中斬成這許多截。

劍徒曾替師父送劍去給不少成名的劍客，知道劍客在新得到一柄劍時，必要用自己的方法測試一番，便站在一旁凝神觀看，年輕的臉上透出興奮的緋色。他知道這是一柄好劍，眼看著它從一塊黑鐵熔化成紅熱的鐵漿，又一鎚一砧，被鑄成現今的形狀。這是他與師父合力鑄成的傑作，是師父幾十年來登峰造極之作。他知道史大哥一定會愛上這柄劍。

但聽史青雲輕嘯一聲，倏然推門出屋，在屋前的雪地中舞起劍來。千萬點眩目的雪花從他身畔飄落，長劍揮舞，每劍都能不偏不倚地點中一片雪花，將之挑起。但見他嘴角露出微笑，不斷出劍點去，那柄劍就如他自己的手臂一樣易於指使，似乎已成為他身體的一部分。

劍徒站在門邊觀看，只見史青雲身邊的一圈雪花如同中了妖術一般，在他身周飛旋往復，並不落地。仔細看去，才看出史青雲正以劍尖不斷挑起身邊的雪花，讓它們輪番在自己身周飛舞起伏。劍徒不禁看得睜大了雙眼，他曾見過不少劍術高手，卻從不知道世間竟能有這般出神入化的劍術！

他忍不住動念：「或許我也該學劍。」

然而這念頭一閃即逝。他一直認定學劍對自己是一種引誘，一種令自己無法專心鑄劍的外務。他雖然還很年輕，卻早已懷有堅定不移的志向：這一生除了鑄劍之外，他再也不會有別的嚮往。

劍徒在青雲劍客史青雲身邊，或許只是個不起眼的平凡少年，但這孩子在武林中卻有著十分特殊的地位：他是當今第一鑄劍大師劍師白刃最鍾愛的關門弟子。江湖上眾所周知，劍師有意將衣缽傳給這個年紀最輕的小弟子，自己便將專注於劍術的鑽研，發揚百劍門的獨門劍法。不出三五年，武林第一鑄劍大師的名號，便非劍徒莫屬了。

很多人都說劍徒是個鑄劍天才。他自七歲上開始替師父師兄們拉風箱、看火爐、遞鐵鉗起，就與鑄劍結下了不解的緣分。十三歲時，他正式成為劍師白刃的學徒。五年來他鑄成了三柄匕首和兩柄長劍，雖稱不上絕品，卻都是鋒快銳利的上上之作，一出爐便成為武林中極為搶手的兵刃。一個二十歲未到的學徒，便能鑄出如此超凡的兵刃，劍徒確實值得自傲，而他的師父也的確十分以他為傲。劍師一直將劍徒帶在身邊，令他專心一致地鑄劍，而不讓他與其他百劍門師兄弟一起學習劍術，以免他心有旁騖。

再過幾年，百劍門中人都知道，師父定將任命劍徒為百劍門鑄劍堂的堂主。等他年紀再大一些，便能代師父成為武林鑄劍盟的盟主。那可是武林中人人豔羨的尊位，任何武人都離不了兵器，也都不能不對鑄劍盟盟主表示無上的尊重禮遇。況且劍徒年紀還輕，往後的成就或許會在劍師白刃之上也說不定。如果劍徒不是這麼羞澀木訥，這麼淳厚執著，門中師兄弟或許更會衷心敬佩擁戴他，推他成為百劍門門主，躋身武林三大劍派的首腦之一，那更是旁人可望而不可及的殊榮了。

這些未來的事情劍徒只隱約知道，卻很少去深想。他只是個愛鑄劍的孩子，位高權重或許是很光榮很美好的事情，但甚麼都比不上在火紅的鑄劍爐之前，親手鑄造出一柄鋒快絕倫寶劍的樂趣和滿足。他此時眼望著史青雲手中的長劍如閃電、如游龍、如白練，在眼花撩亂的雪點中揮灑自如，胸中不禁湧起一股強烈的驕傲和激動。他對自己發誓，總有一天，他定要靠自己的力量和技巧，鑄出一柄比這更好的寶劍。

第二章

史青雲在雪地中盡情揮舞了一陣，心中對這柄劍感到十二分的滿意。他倏然收劍，仰頭大笑，聲徹四野。他將劍橫捧在手中，走回木屋，贊嘆道：「好劍，好劍！劍徒，它叫甚麼名字？」

劍徒答道：「師父說這柄劍尚未起名，請史大俠為它命名。」

史青雲一笑，回頭望望屋外的狂風飛雪，說道：「就叫它『飛雪』罷！」

他攬著劍徒的肩頭跨入門內，臉上淨是掩藏不住的喜色，說道：「我最喜愛大風大雪。這柄劍叫作飛雪，表示這是我最心愛的一柄劍！它不會辜負我，我也不會辜負它！我倆一起活，一起死，至死也不分離！」

劍徒也笑了，說道：「飛雪，飛雪，好名字！」

史青雲取過一方白棉布，仔細擦拭劍上的雪跡。擦乾淨之後，他像是忽然想起甚麼，轉頭向屋後喚道：「雪月，雪月！快來看！劍徒替咱們送了寶貝來了！」

屋後一個女子的聲音脆聲應道：「欸！來了。你且別收劍，待我出來欣賞欣賞！」不一會，門簾掀處，一名少婦抱著一個襁褓走了出來。

史青雲微笑道：「劍徒，來見過你大嫂。」

劍徒怔望然向那少婦，他並不知道史大哥已然成親，並且還有了個孩子。但見那少婦約莫二十出頭，眉目秀麗，肌膚雪白，雙頰在天寒地動中透出一抹嫣紅，清亮的眼睛中蘊含著溫柔體惜的笑意。

她向劍徒望去，笑道：「你就是劍徒麼？青雲時時提起你和你師父。」

劍徒倉促起身回禮，紅著臉不敢向她直視。史青雲接過孩子，一拋一拋地逗著他玩兒，雪月卻接過那柄劍，左手握劍，右手伸出兩指，緩緩由劍柄向著劍尖畫去，又用指節輕彈劍身，發出嗡嗡聲響，側耳傾聽，眼神中露出贊嘆之色。

劍徒一眼便看得出她是個懂劍之人。只有時時接觸劍的人才會知道，一柄劍最精微緊要之處，便在於劍身的沉穩和柔韌，而橫畫和輕彈劍身便是最好的測試方法。

雪月抬眼見到劍徒正望著自己，向他微微一笑，說道：「好劍！絕世好劍！是你助令師鑄成的麼？」

劍徒臉上通紅，點了點頭。雪月贊嘆道：「不容易！這樣的劍，世間已經很少見了。」輕輕舉劍揮動比畫，專心賞玩。

劍徒不知自己為何在她面前這般容易臉紅，不敢再看她，轉頭望向史青雲和嬰兒，訥然一陣，才問道：「史大哥，孩子多大了？」

史青雲笑道：「剛滿三個月。」

劍徒年輕的記憶中並未見過這麼幼嫩的嬰兒，心中好奇，便湊過去逗弄嬰兒玩兒。嬰兒剛剛吃飽了奶，躺在父親懷中，小手小腳用力揮動，咿呀而笑，忽然伸手抓住劍徒的手指，小小的手掌竟十分有力。劍徒一驚，說道：「孩子的手勁倒大。」

雪月又賞玩了一會飛雪劍，才細心地將劍收好，走近前來，低頭吻了吻孩子的小臉，微笑道：「這孩子長大了，也必是個大劍客。」

史青雲哈哈笑道：「這還用說麼？我史青雲的孩子，十七歲就能名震天下！」說著與妻子相視而笑。

劍徒望著這對夫妻，心中忽然感到一陣莫名的感動。豪氣干雲的丈夫，溫柔嬌美的妻子，和襁褓中那充滿希望的新生命，在這火光昏黃的簡陋小屋中洋溢著一股難言的溫馨，讓人油然生起嚮往之情。即使劍徒還很年輕，成家立室這些事情還離他十分遙遠，但這一家三口的溫情卻深深地觸動了他的心弦，令他感到衷心的喜悅和羨慕。

這一趟是來對了，他想。師父原想讓大師兄宗浩前來送劍，劍徒卻堅持要親自將劍送到史青雲的手中。這柄劍有一半是他的心血，受著一種難以推卸的責任感所驅使，他不惜違背師父之命，不惜令大師兄和其他師兄們不快，身為一個鑄劍師，他一定要親手將劍交到劍客的手中。

翌日，劍徒站在窗口，望著窗外蒼茫的暮色，心中生起一股強烈的不安。為了甚麼不安，他也說不上來。是為了史大哥的決鬥麼？不，史大哥一定會勝過劍狂，他心中毫無疑問。雖說劍狂是個劍術異人，橫行西北十餘年未遇敵手，是唯一與史青雲齊名的當代劍術高手，但劍狂的天才決不能勝過史青雲日日不間斷的苦練，劍狂的劍也決不能勝過史青雲鋒快無倫的飛雪劍。

劍徒抱著手臂站在窗前，盡力壓抑心中的緊張和焦慮。他事先並不知道有這場決鬥，也不知道史大哥是否為了這場決鬥才向師父求劍。他只知道史大哥要在十一月十日之前得到劍，他冒著風雪在十日晚上將劍送到，卻沒想到第二日便是史大哥的決鬥之日。

昨兒夜裡，他在外屋的木板床上躺下之後，隱約聽得史大哥夫婦在內屋裡輕聲談話。雪月說天候冷了，該替史大哥多縫一件棉袍，替嬰兒多織一頂帽子；史大哥說明兒天氣若晴了，該去後山揀一捆柴回來。他也聽見史大哥和雪月說起自己。史大哥說他是百劍門中的一朵奇葩，是鑄劍一道中的天才。等這孩子年歲大些，史大哥說，武林鑄劍盟主之位非他莫屬，前途無可限量。雪月喃喃說道，看他身上的衣服多麼單薄，多麼破舊，可憐他是個孤兒，師父吝嗇涼薄，派他出遠門竟只給他這麼一件舊大氅，趕明兒給他縫一套新的，免得他在歸途中被風雪給凍著了。

劍徒聽著這對夫婦的枕邊細語，心頭充斥一陣溫暖平和，不知不覺溼了眼眶，帶著微笑緩緩進入夢鄉。

這日清晨時，史青雲甚麼也沒有說，只穿上棉袍，帶了飛雪劍，準備出門。劍徒自幼生長在眾多學劍的師兄弟之間，感覺極為敏銳，表面上雖看不出任何跡象，他卻直覺知道史青雲這是要去跟人對決。他送史青雲到門口時，開口問道：「對手是誰？」

史青雲似乎微覺驚訝，回過頭來望向他，答道：「劍狂。」

劍徒點了點頭，不再說話。

雪月在屋中說道：「大哥，等你回來吃晚飯。」

史青雲應了，便出門去了。

那天是個晴朗的日子，劍徒踏雪去後山揀了一大捆柴回來，在屋後劈了一上午的柴。雪月在屋中哼著歌兒，手中不停地縫棉衣、織娃娃帽，偶爾抱著嬰兒出門來曬曬太陽，掃掃門前的殘雪。

雪月是個溫柔大方的少婦，她將劍徒當成小兄弟般，對他極為親厚。劍徒卻仍舊容易羞赧紅臉，不大敢跟她說話，也不敢正視她。

那日午飯之後，她叫他近前來，拿出布尺替他量度身材，好替他縫製大氅。劍徒站在那兒讓她量著，全身僵直，一聲不吭，一張臉又漲得通紅。雪月看在眼中，不由得好笑，伸手拍了一下他的肩頭，笑道：「傻孩子，大哥說你老實，可真不錯。只怕是老實過了頭！」

冬日晝短，申時末，天光很快便已轉黑，陰沉沉的天際又開始飄下細碎的雪花。劍徒站在窗前，怔怔地望著漸漸暗下的天色，心中的隱憂似乎與夜色一起濃郁起來。

雪月在他身後逗弄著嬰兒，嘻笑低語，似乎一點也不擔心。

劍徒自言自語道：「天全黑了。」

雪月聽出他聲音中的憂慮，說道：「晚飯時候還沒到呢。」

劍徒道：「雪快停了。」

雪月道：「大哥不久就會回來的。」

劍徒道：「有狼嗥聲。」

雪月呆了呆，抬頭道：「這附近很少有狼出沒。」

便在這時候，劍徒的胸口忽地沒來由地一痛，他回頭望向雪月，卻見她的臉色也變了。兩人同時感到一股強烈的不祥。劍徒衝到門邊，抓起大氅，奔出門外。雪月也趕緊將嬰兒包在棉布中，披上袍子，隨後奔出。

劍徒在昏暗的雪地中撒腿快奔，他並不知道該去往何處，只憑著直覺向狼嗥聲奔去。

奔出十多里，鼻中忽然聞到濃厚的血腥味。劍徒停下步來，此時飄雪已停，淡微的月光幽幽地灑在雪地之上，前面叢林邊上聚集了十多隻灰狼，猙獰低吼，正爭搶著吃食甚麼。

劍徒隨手抓起一根粗大的樹枝，衝上前高呼揮舞，將狼群趨散。這些野狼很少來到離山這麼遠的地方覓食，見到人來便驚慌嘶吼，四散而逃。

狼群散開之後，但見雪地上鮮血殷然，一團黑影俯伏於地，熱血仍不斷從其下流出，將旁邊的冰雪都消融了。那人手邊躺著一柄劍，劍徒一眼便看出，那正是他親手交給史大哥的飛雪劍！

劍徒整個人霎時恍如被凍成了冰柱一般，再也動彈不得。但聽身後腳步聲響，正是雪月追了上來。她一手抱著嬰兒，一手持著火把，快步奔上前來，猛然見到眼前的情景，手一顫，火把跌落在地，微弱的火光在雪地中漸漸熄滅。她臉色霎白，衝上前跪倒在屍身之旁，用顫抖的手翻過那屍身，看清楚他的面目，正是史青雲。

雪月低呼一聲，撲倒在丈夫身上，一隻手慌忙去摸他的心口和鼻下，感覺既無心跳，也無呼吸。她不肯相信，又伸手去掀他的胸口，揉搓他身上穴道，想盡辦法想將他救活轉來。

第三章

劍徒不必去探史青雲的脈搏，只消看他躺在地上的模樣，便知道他已死去好一陣子了。他腦中一片空白迷惘，望見雪月的臉色白得可怕，顯然想哭卻哭不出聲。他無法再看她的臉，只能轉開頭往一旁望去。恍惚中，他注意到左首的雪地中有不少雜亂的腳印，不遠處更有七、八灘血跡。劍徒心中一動：「圍攻史大哥的不只一人。史大哥死前應殺死了好幾個敵人。」憑著一種與生俱來的直覺，他感覺身處險地，俯身拾起火把，說道：「我們帶大哥去後山。」

雪月知道他的意思，是要將史青雲的屍身帶去後山埋葬。她仍舊不能相信丈夫已死，只顧搖頭，並不回答。劍徒默然等了一陣，待雪月鎮靜下來，才走近前去，俯身將史青雲的身體揹起。但聽擦的一聲，飛雪劍跌落在雪地之中。

劍徒不禁一怔。一個劍客與對手決鬥，或遭敵人圍攻，決不會在死前鬆手放脫他心愛的佩劍。史大哥為甚麼放手了？難道他不再信任這柄劍？難道他將自己的死怪罪於這柄劍？為甚麼？

劍徒全身一涼。他感到史大哥的死有部分是他的責任，他交給史大哥的劍有問題！但這柄劍怎會有問題？他知道這確實是柄絕世寶劍，一切全是依照史大哥要求的規格打造，沉重平穩，修長鋒快。這劍會有甚麼問題？

雪月也留心到那柄劍，俯身將它拾起。劍徒揹起史青雲沉重的屍身，快步向山上走去，雪月一手抱著孩子，一手提著劍，跟在他的身後。劍徒聽見背後雪月強自忍住的抽噎，和低低哄著孩子的哽咽之聲，心頭一酸，真想放聲大哭一場，卻勉強忍住了，只默默流淚，沒有哭出聲來。

他大步走向後山，來到一片高起的平台。他十三歲第一次造訪史大哥時，史大哥曾帶他來到這兒，說此處視野開闊，可將萬里平原、千山層疊盡收眼底。他不知道自己怎會記得這地方，但就是這麼走來了。他將史大哥的身體放下，拿起樹枝開始挖掘墳坑。

雪月跪在丈夫身旁，低頭凝望著他的臉龐，靜了許久許久，才輕聲哽咽道：「大哥……你安心地去。孩子有我照顧。我們會替你報仇的。你安心地去，別掛念身後的事。」

劍徒聽在耳中，在沉重哀痛中感到了一絲安慰：雪月是個堅強的女人，她一定能挺過去的。此時他已挖了一個三尺深的坑，雙手凍得發僵，忽然想起孩子，想問孩子有沒有凍著了，回頭看時，但見雪月將孩子緊緊摟在懷中。劍徒知道她悲痛之餘，仍記得自己是個母親，她會照顧好孩子的，便沒有開口相問。

劍徒挖好了坑，來到雪月身旁。雪月抹去眼淚，將兒子湊近他爹爹臉旁，低聲道：「跟爹爹說再見。」小嬰兒半睡半醒，咿呀了兩聲，開始哭泣。

雪月皺眉道：「史青雲的兒子，不許哭！」她站起身，將孩子交給劍徒，親手將丈夫的屍身抱起。她身形嬌小，只抱起了丈夫的上半身，兩條腿仍拖在地上。但她仍咬牙奮力將丈夫的身子小心地放入坑中，讓他躺好，替他拭去臉上的血跡，在坑旁呆呆地跪了一陣，在沉默中對死去的丈夫說了許多只有他們夫妻能明白的話，然後便用雙手一坏坏地將雪和泥土填入坑中。

一代劍客的妻子，是這樣埋葬她的丈夫！劍徒心想。

他默默地望著雪月填埋墓坑，漸漸堆起一個小小的墳堆，而兩隻手已凍成紫色。

劍徒在墳前跪倒，恭恭敬敬地拜了三拜。他抱著嬰兒，讓嬰兒也向墳墓膜拜。他暗暗向嬰兒說道：「你爹爹是個了不起的劍客。我不知道是誰殺了他。但是你長大以後，一定也要成為一個了不起的劍客，找出仇人，為你爹爹報仇！」

他低頭見到雪月攜來的飛雪劍橫躺在雪地之中，心中一動，上前俯身拾起了劍，在月光下細細審視。劍上有血痕，卻沒有半絲折損。他持劍輕揮，鋒快的劍刃在月色下閃著寒冷的青光。這確實是柄好劍。誰能殺得了執持飛雪劍的史青雲？史青雲身上的傷口為甚麼這樣多？究竟有多少人圍攻他？這些人是誰？被他殺死之人的屍體又去了哪裡？

劍徒將劍收起，掛在腰邊。等史大哥的孩子長大了，他心想，他要將劍親手交給這孩子，讓他繼承父親的志業，成為一代劍客。

雪月仍舊直挺挺地跪在墳前，一聲不出。此時已近中夜，劍徒開口道：「天冷了，咱們回去罷。」

雪月道：「勞駕你，替我帶孩子回去。我要守在大哥墓旁。」

劍徒道：「妳的身子撐不住的。孩子不能沒有娘。」

雪月靜默一陣後，這才緩緩站起身，向山下走去。

劍徒跟在她身後，三人向著木屋行去。離木屋還有數十丈，劍徒忽然停下步來，說道：「我先去。」

他將孩子交給雪月，獨自走向前，來到木屋之外。他推門進屋，木屋之中並沒有人，門外卻有許多雜亂的腳印，顯然剛才有人來過。他抬頭向茫茫夜色望去。來人就是殺死史大哥的凶手麼？他們是來斬草除根，殺死雪月和孩子的麼？

劍徒在暗夜中凝神傾聽，史大哥喪命的方向隱約傳來人聲。

他向著聲音來處走去，前面出現火光，他聽到許多人緊張的耳語聲：「人去哪兒了？」「難道被野狼吃光了？」「才走開這麼一會兒，野狼怎能將整個屍體都吃盡，連骨頭都不剩？」「定是被野狼拖去了。」「師父說不必理會他的屍體。人人都知道他去跟劍狂決鬥……倒是他的女人不能放過……」

「誰？」

劍徒從黑暗中走出，出現在那些人的面前。滿是鮮血的雪地之上，站了十多個全身黑衣的蒙面人，聽到劍徒的腳步聲，一齊回頭，拔出長劍，目光炯炯地向他瞪視。

劍徒望著他們，臉上的神色不是恐懼，也不是憤怒，卻是十二萬分的震驚。眾黑衣人一齊盯著他，待看清了他的面目，都放鬆了戒備。其中一個吁了口氣，走上前來，說道：「劍徒，你怎麼還在這兒？史青雲的老婆呢？」

劍徒如石頭般僵在當地，沒有答話。

他簡直不能相信自己的耳朵。這些人雖蒙著面，他卻早已聽出他們是甚麼人！這十多人都是他百劍門的師兄：二師兄宗清，三師兄宗淨，四師兄宗法，七師兄宗洪，十師兄宗濤，十五師兄宗淀……殺死史青雲的竟是自己的師兄們！

為甚麼？

第四章

百劍門人見劍徒呆呆地站著，只道他從未見過這麼多鮮血，嚇得呆了。二師兄宗清走近前來，說道：「大師兄不幸喪命，我們剛剛處理完他和八師弟、九師弟的遺體。現在門中以我為首。劍徒，你一直待在史青雲家中麼？他的老婆呢？」

劍徒仍舊呆立不答。宗清見他並不答話，跨前一步，問道：「怎麼了？為何不回二師兄的話？」

劍徒吸了一口氣，顫聲道：「我……我不知道。」

宗清皺起眉頭，凝望著劍徒，眼神閃爍，說道：「你堅持來此送劍，已是違抗師命了。現在竟敢再次違抗師父的旨意，蓄意隱瞞麼？」

劍徒退後兩步，忽然轉身快奔而去。

在許多許多年後，當劍徒回想起自己轉身奔去的那一剎那，也不禁驚訝於年輕的自己竟能有如此巨大的勇氣和決斷。他在那一剎那已做出了決定，他不能對這場血案視而不見，他必須做他該做的事。雖然這一切變起倉促，他卻已明白了事情的真相——主謀害死史大哥的正是自己的師父。他的疑慮是對的，那柄劍並沒有問題，有問題的是埋伏在史青雲歸途上的百劍門人，他的師兄們。

師父為甚麼要殺害史青雲？師父為甚麼從未跟自己提起這件密謀？他不知道，只知道自己送劍來的對象，飛雪劍的主人，已在師父的陰謀偷襲下魂斷於此，而他不自覺地做了這場血案的幫凶。在他年輕單純的生命裡，師父就是天，就是地，就是一切。違抗師父等於是自絕生路，自斷前程。但他不能讓史大哥就這麼死去。不，至少，他不能讓雪月和孩子也遭毒手。

劍徒瘋了似的向著樹林快奔。他聽見三師兄宗淨和四師兄宗法在後追趕，一邊奔跑一邊喊罵。劍徒定下神，在林中繞了幾個彎，躲入一堆樹叢之中。三師兄和四師兄在夜色中無法看清，追出一陣，便失去了劍徒的蹤影。

四師兄宗法罵道：「渾帳小子，怎地忽然發瘋似地亂奔起來？」三師兄宗淨道：「算了罷！這小子膽小無用，讓他在外面待個幾天，沒得吃穿，自己便會回去了。咱們快去善後要緊。」宗法道：「正是。那女人一定就在左近。師父吩咐要抓住了她，裝作是被劍狂先姦後殺，引起武林公憤，就可以一舉除去兩個大對頭……」宗淨喝道：「你少說幾句行不行？咱們動作得快，切不可放過了那女人。」二人說著快步去了。

劍徒等他們走遠，抄近路奔回木屋。木屋中空蕩蕩黑沉沉地，他推門闖入，但見雪月抱著孩子呆坐屋中，神色茫然。

劍徒低聲道：「走！」雪月卻不動。

劍徒上前抓住她的臂膀，喝道：「有人要殺妳，要殺孩子，快走！」

雪月聽了這幾句話，陡然清醒過來，起身跟著劍徒奔出門外。劍徒循著剛才來的腳步奔回林中，他知道須得躲入樹林，才有逃脫的希望。兩人在林中踏雪而行，入林漸深，頭上樹枝交叉遮蓋，眼前一片漆黑，真是伸手不見五指。兩人每一步都如走在地獄深淵邊緣，不知腳下將是踏實的雪地，還是鬆軟無底的雪坑，抑或是滑溜易裂的冰川。

身後追蹤而來的人聲不斷，遠遠已能望見火把的光芒，聽見他們互相傳訊的呼喊。雪月和劍徒只能揀人聲最少的方向闖去。他們在叢林中摸黑走了許久許久，才漸漸將追兵甩開了。

便在這時，孩子忽然開始啼哭起來。雪月背對劍徒，連忙解開衣衫給孩子餵奶，口中哄道：「乖孩子，不哭，不哭，媽媽不哭，你也不哭！」

劍徒靠在一棵樹上喘息等候，耳中聽著雪月嘶啞的聲音，忽然全身發抖，用力咬住嘴唇，直咬到鮮血從口角流下。昨夜所見的溫馨情景，怎能如此短暫如幻？令人嚮往羨慕的一家三口，為何轉眼只餘落荒而逃的孤兒寡母？史大哥的死他難辭其咎，這對母子的命運是他肩頭上的責任。但他能做甚麼？他雖有一柄鋒快絕倫的寶劍，卻不會半點劍術。若被如狼似虎的師兄們追上，他只能眼望這對母子任人宰割。

他必須帶著他們逃走，逃得越遠越好。

待雪月餵完了奶，理好衣裳，劍徒接過孩子，三人繼續趕路。雪月痛失愛侶，精神本已恍惚，逃出一陣，身子漸漸支持不住，腳下一絆，俯身摔倒在雪地中。

劍徒回身扶起她，說道：「妳要撐下去。妳活不了，孩子也活不了！」

雪月喘息道：「我知道。我還行。咱們再走。」

又行出一段，雪月再次摔倒。劍徒知道她已撐不下去了，便俯身將她揹在背上，一手抱著嬰兒，繼續摸黑往山上走去，一直來到山巔之上，天大明了，才停下休息。他將母子放在一塊大石頭下的乾燥處，自己在一旁的石上坐下，脫下靴子，但見十隻腳趾都已凍成紫黑色。他用力揉搓腳趾許久，讓它們恢復血色，再用棉布包裹起來。雪月坐在石頭下，背對著他，抱著孩子餵奶，口中低聲哄著唱著，不一會兒便靜了下來，想是自己也睡著了。

劍徒知道她已疲累過度，便讓她安靜休息一陣，自己抬頭凝望著灰壓壓的天空，暗暗祝禱：「老天，祢若要絕這對母子的生路，那就放晴罷！否則就下大雪，阻住來人的追殺！」

也不知是劍徒的祈禱靈驗，還是十一月的天氣原該如此，那日真的大雪不斷，封住了上山的路。劍徒知道師兄們當日定然無法追上山來，多休息一陣後，便又起程，翻過山嶺，往蒼草山的另一邊行去。行到下午，來到山腳之下，迎面橫著一條半里寬的河流，一半為白雪覆蓋，另一半結成黑色的玄冰。

雪月道：「這是黑河。渡過這河便是老黑林子，再過去便是河西平原了。」

劍徒道：「這河結了冰，能走過去麼？」

雪月皺眉道：「結冰的河水最是危險。這冰看來結實，卻有不少地方甚是薄脆，一踏上便會碎裂，摔落水中。此時河水極寒，一入水便立即失溫，再也別想出來了。」

劍徒道：「既是如此，我們今日便當冒險涉冰過河。」

雪月忽然轉頭望向他，問道：「追殺我們的，究竟是些甚麼人？」

劍徒不敢去看她的眼睛，他不能在那對清澈眼睛的凝視下說謊。他道：「我看到很多人，都穿黑衣，用布蒙著臉。他們都使劍。」

雪月點頭道：「我知道害死大哥的一定不是劍狂。劍狂決不會如此卑鄙，挑戰失敗，便讓幫手出來圍攻！」

劍徒點了點頭，沒有接口。

雪月低頭親吻孩子的小臉，語氣堅定，說道：「只教能逃過這一劫，我和承君定要找出仇人，替大哥報仇！」

劍徒望著眼前黑色的河水，心中一陣恍惚，喃喃道：「史承君，史承君。」

雪月低聲道：「是大哥取的名字。君子報仇，十年未晚。承君一定做得到的！」

劍徒吸了一口氣，說道：「我們過河罷！」

雪月將孩子綁負在背後，當先踏入結冰的黑河之中。冰層滑溜，雪月和劍徒互相握著彼此的手臂，一步步試探著向前邁進。河面雖只有半里寬，兩人卻直走了一個時辰，直到天色全黑，才平安過了黑河。

劍徒和雪月帶著史承君繼續往對岸的老黑林子走去，找了個山洞落腳。次日天亮又行，餓了便打林中的野雁生吃，渴了便抓雪團塞入口裡。如此又行了半個月，三人才穿出了古林，來到河西平原。該地村落稀少，土地多是旱地，夏天種植木麻和高粱，冬天便全為冰雪覆蓋，望上去一片荒涼，不似人能生活居住之地。

劍徒心中明白師父和師兄們決不會輕易放棄追殺，仍舊催著雪月趕路，橫跨河西平原，往西北方而去。他知道，在嚴冬十一月渡過黑河、穿過老黑林子雖是極為艱難，接近不可能之事，但劍師白刃卻不會當作史青雲的妻子已經死了。他在沒有親眼看到她的屍體之前，是決不會放棄追殺的。劍徒跟隨劍師白刃已有許多年，深深明白師父的為人。劍師懷有巨大而深沉的野心，想要成為武林中勢力最強、劍術最高的人，同時也要主持江湖正義，受人敬仰尊重。面子名聲是他的第二生命，即使派出所有的弟子、花上數十年的精神力氣，他也不會讓這件陰謀血案的內情遭人揭露。

劍徒想起師父，心中不自禁生起一股眷戀和彷徨之情，然而最濃厚的卻是恐懼之感。他知道師父若發現自己帶著雪月和史承君逃走，定會毫不猶疑地殺死自己。然而此時他已別無選擇。百劍門勢力廣布，無所不在，投靠任何人都不穩當，百劍門人總能循線索找出雪月的下落。他知道雪月和孩子需要他的保護，才能逃過百劍門的追殺，躲到安全之地。

劍徒懷著惶懼的心情，帶著雪月和史承君繼續向西北方趕去。其實他也不知道該往哪兒好，只一心找偏僻無人的地方行去，看到村落便避開，遇上城鎮便繞過，每夜只在荒屋野廟裡落腳。

如此又走了半個多月，直到雪月的身體再也支撐不住，病倒在途中，他們才停了下來。

第五章

雪月幽幽醒來時，正是天色將明未明的時刻。她初醒時好似甚麼都不記得，腦中一片空白，無喜無悲，無憂無愁。然而這樣的空白並未能維持很久，她開始感到一陣身心難以承受的痛楚，不禁抽抽噎噎地哭了起來。

她已經病了一個多月了。這不是場小病。從她跟著劍徒在樹林雪地中逃亡的那夜開始，她的身子便漸漸支持不住，這一病起來，便一發不可收拾，每下愈況。

劍徒曾揹著她繼續向前走了一段，然而雪月的病勢日益嚴重，劍徒無法再揹著她上路，只好來到鄰近的鎮上落腳。他們在鎮頭的一間破廟住下，他每日去買米糧草藥回來煮給雪月吃，竭盡心力照顧她的病情。

逃難的日子能令人憔悴，催人蒼老。一場大病，令雪月足足瘦了一圈，從一個明麗健朗的青春少婦，變成了個乾瘦蒼白的病苦婦人。劍徒的身子雖瘦了些但仍舊壯健，臉上卻長出滿腮亂蓬蓬的鬍鬚，加上衣衫襤褸，看上去直如個野人乞丐。

劍徒更加沉默寡言了。他身上帶的少許銀兩早已花完，只能每日出去乞討，或是幫人打些雜工，換回一些銀錢米糧，回來煮粥煮藥，照顧雪月母子。

那小鎮叫作木麻鎮，鎮上的人都以種植木麻、編織麻布、買賣麻布維生。木麻鎮是木麻的集散地，每月都有市集，算是當地的大鎮，鎮上有四條街，二十多家鋪頭。劍徒除了鑄劍以外甚麼也不會，只能靠打零工幹粗活餬口。雪月因病弱而缺少奶水，劍徒便每日抱著嬰兒沿街求懇，請好心的婦人賜點奶水或羊奶、牛奶給嬰兒吃。很多鎮上的大娘見這嬰孩白淨可喜，都心生憐惜，好心分點奶水給他吃。她們眼見劍徒情急關心的模樣，自都認定那嬰孩是他的骨肉，背後都說這年輕父親談吐有禮，樣貌端正，又這麼疼愛孩子，該是個有出息的，不會永遠窮困潦倒。

到了春天，孩子雖吃得不足，卻也硬挺著活了下來。劍徒成為一家富戶的長工，跟著幾十個莊稼漢子去木麻地裡栽種新苗。日子便這麼過了下來，夏天除草，秋天收麻，冬天績麻。劍徒的膚色越來越黝黑，雙手越來越粗糙，但他帶回家的工錢和糧食也越來越多。

雪月的身子雖漸漸好了起來，卻始終未能如其他婦女一般下田做活。她試著替人績麻織布，幾個月下來做得熟了，織的麻布細緻滑軟，很受鎮上人喜歡。她拿去賣了，買回一隻小羊，每日便能擠羊奶給孩子喝。別人問起她的背景來歷，她只說在河東的祖產田地去年給大水淹了，只得跟著丈夫離開家鄉，出外謀生。她提起劍徒時，只叫他「當家的」。劍徒很少在人前提起雪月，偶爾被問起，也只稱她「君兒的娘」，或是「家裡那個」。

鎮上的人眼看著這貧窮的外地一家三口，熬過了一段貧寒悲慘的日子，卻始終不知道他們並不是真正的一家人。

兩年過去了，劍徒和雪月攢了點錢，在鎮尾廟旁造了一間木屋。劍徒體念雪月的思夫之情，將那木屋造得和史青雲的舊居一模一樣。新屋造好之後，雪月四處看看，忍不住別過頭，流下眼淚。世上沒有任何人事物能將大哥從她的心上抹去，她細心地將屋內布置得如同大哥在世之時，甚至替他縫了幾件衣服，掛在衣櫥裡，儘管她心中雪亮他的屍骨早已腐朽在幾百里外舊居後山的泥土之中。

屋子有一間外房，一間內房。雪月帶著孩子住在內房，劍徒便睡在外房的板床上。有時雪月會抱著嬰兒躺在床上，聽著外房劍徒均勻的呼吸，怔然出神。她並不完全明白劍徒為何要如此竭盡心力地照顧他們母子。在他送劍來給大哥之前，他跟她只是素未謀面的陌生人，而今她卻倚靠著他過日子。

他這是為了甚麼？做為一個劍俠的妻子，雪月能明白史青雲也會做同樣的事，也會如此盡力照顧一對受人迫害的孤兒寡婦。她衷心相信劍徒如大哥一般，是個懷著俠義心腸的俠客。她相信他，倚賴他，感激他，也對他生起由衷的尊敬：她知道劍徒不是個平凡的年輕人。

但她始終不知道劍徒心底那股強烈的內疚和巨大的恐懼，和他在做出叛逃的抉擇時曾放棄了如何光明的前途。他原本要將一生奉獻於鑄劍之道，立誓鑄出世間最銳利鋒快的寶劍。他原本可以在師父的庇蔭之下，順利成為鑄劍盟盟主，受到千萬武林中人的尊重景仰。但他卻在這荒僻的小鎮上隱姓埋名，幹著種種粗活賤役，只為了換回一口飯吃，養活一對跟他毫無親緣關係的母子。

有時在夜深人靜的時候，雪月會偷偷推門出來，輕手替劍徒蓋好被子，在火光下凝望他的臉容。如今他臉上的稚氣早已盡數脫去，只剩下一股固執的剛硬之氣，掩藏在層層辛苦憂勞之下。自從雪月的病好轉之後，她便從每夜痛哭、難以入眠，慢慢開始能擁有平靜而孤獨的夜晚。她漸漸發覺，最難忍受的不再是一切關於大哥的記憶和哀痛，而是那片難言難遣的空虛寂寞。有時她寂寞得發慌，便會出去搖醒劍徒，跟他有一搭沒一搭地說起家裡的柴米油鹽，說起承君的成長，說起今年的收成，有時也會說起大哥還在世時的情景。

劍徒不是個善於說話的人，但他總是很專注地傾聽。他從不會正眼望向身前那個年輕單薄的少婦，只垂著眼，抱著膝，靜靜地聆聽她的傾吐，用點頭、搖頭或是幾句簡單的應答，來表達他的關懷。

二人的生活很自然地以史承君為重心。孩子一天天長大，環境雖困苦貧窮，他卻長得出奇健壯高大，聰明活潑。他在兩歲時已能說十分清楚的話語，五歲時身形便比同齡的孩子高上許多，加上他天生有股俠氣，喜愛扶助弱小，七歲時便成為鎮上眾多孩子的首領。

鎮裡的人都說這孩子天資難得，將來定要長成一個英雄豪傑。但只有劍徒和雪月知道，這孩子確實是一代豪傑的骨肉，體內流著俠客的血液。

第六章

那年春天，劍徒在雪月出的主意下，在自家門前開了一家打鐵舖，替人打造農具、鍋鑊、菜刀、牛刀、柴刀，偶爾也替過路人的馬匹打副蹄鐵。他少年時只鑄造過匕首和寶劍，卻從未打過鐵；但他對打鐵自有一分親切，很快便幹得十分起勁。

有時在夜深以後，他會關起門來，偷偷地打造短劍、柳葉刀、匕首、蛾眉刺、穿山斧、月牙鏟等兵器，回憶在師門學習鑄劍時的光景。他往往將一柄兵器打成之後，便仔細觀看，並交給雪月審視，討論利弊缺失，之後便將之放入火爐銷熔，變回一塊黑鐵。他便這麼反覆打造兵器，直到他滿意自己打造出最上乘的兵器才罷手。

其後他又專注於鑄造長劍。任何鑄劍師都知道，長劍乃是兵器中最微妙精深、最難打造的一種。劍徒從記憶中模仿曾在百劍門見過的古劍，一柄柄打造出來：子龍劍、紫薇劍、七星劍、丹鳳劍、天罡劍、虎頭雙劍、盤龍劍、玄武劍、太極劍、吳刀，都曾在劍徒的火爐中鑄造成形，又在劍徒的火爐中毀滅為一團玄鐵。

雪月是個懂劍的女人。劍徒從她口中得知，她的父親生前熱愛長劍，家中收藏了數百柄出名的古劍。幼年時，她爹爹常常讓她坐在自己膝頭，拔出一柄柄長劍，跟她詳細解說每一柄劍的歷史背景、出處來源、曾為誰所持、鑄造之法，以及這柄劍的獨特精要之處，一邊解說，眼中一邊透露出狂熱的光芒。

但是她的父親既不會鑄劍，也不會使劍，只是個純粹的收藏家。武林之中，一個捧著千萬珍寶獨自在鬧市中行走卻手無縛雞之力的孩童，是不可能長久保有他的財產的。然而雪月的父親卻是個聰明人，懂得趨福避禍、明哲保身之理。當他得知有好幾個武林門派打算來搶奪他的收藏時，他就乾脆一把火將所有的劍都燒毀了，帶著家人遠走高飛，此後只以繪畫長劍為樂。那是雪月約莫十歲左右的事。但在這之前，她曾親手撫摸接觸過上百柄的古劍，這些劍的輕重形狀早已深深地烙印在她的心中。

雪月總在孩子睡著後，來到火爐之旁相助，眼看劍徒將一柄柄劍鑄造成形。待劍鑄成之後，她便將劍接過，試探揮舞，告訴劍徒這柄劍好在何處，壞在何處，何處還欠缺幾分火候。到得次日，劍徒又會將劍毀去，重新來過。

這幾年中劍徒從未留下一件成品，但他鑄劍的技術和經驗卻日漸嫻熟，比起當年做劍師的學徒時已不可同日而語。然而世上知道他能夠鑄劍的，卻只有雪月一人。

剛在木麻鎮定居的一年後，劍徒曾見到百劍門的師兄們來到左近的村鎮，祕密探訪雪月和他的下落，但他總能機警地避開，並未讓他們發現任何蹤跡。

幾年過去，百劍門的人再也沒有出現，史青雲的死也成了江湖上的一大懸案。大家聽說的只是零散不全的消息：青雲劍客和劍狂對決，勝了一招，劍狂頹喪折劍而去。之後史青雲便下落不明，很多人都傳言他已死了，至於他是怎麼死的，被誰殺的，卻始終沒有人知道。傳說中他曾有個妻子，但這妻子也不知所蹤。

百劍門主劍師白刃曾召開武林大會，宣誓要找出害死一代劍俠史青雲的凶手，但找了幾年也沒有結果，最後不了了之。

史青雲的傳奇故事和俠義事跡，即使在這偏僻的小鄉鎮中也廣為流傳，膾炙人口。但是誰也不知道，鎮上的孩子王便是史青雲唯一的骨肉，那個秀麗溫雅的打鐵匠妻子，便是史青雲的遺孀。

自開了打鐵舖後，劍徒、雪月和承君三人的生活漸漸寬裕起來，雪月便更加專心致力於教導兒子。她自己雖不是武功高手，對武學和劍術卻甚有見識。她每日清晨帶孩子去後山無人處鍛鍊體力，讓他提水搬柴，奔跑山路。承君八歲時，她便開始讓他學劍。她曾見過大哥練劍的方法，便依樣教導孩子，讓他先以短小的木劍擊刺樹幹，撥打從樹上掛下、高矮不齊的幾十塊木片，訓練他出劍的力道和精準。

白日時，承君便在劍徒的打鐵舖中幫手，學打一些簡單的鍋鑵之類。劍徒耐心地教他打鐵的技巧，讓他試做各種器具刀斧。

然而最令小承君興奮的事，卻是偷看劍叔鑄劍。他自懂事以來，母親便告訴了他劍徒並不是他的親生爹爹。

「你平時便叫他阿爹。沒有人時，便稱他一聲劍叔。劍叔是我們母子的大恩人，他的恩情，我們一世也報不完。」母親這麼告訴他。

有天半夜，史承君起身解手，聽得店舖傳來打鐵之聲。他悄悄走去，從壁縫中偷看，見到母親和劍叔站在火爐邊，聚精會神地凝視著火爐。劍叔用鐵鉗從模子中夾出一件白熱的長形物事，嗤的一聲浸入一桶冰水之中。那事物很快便冷卻了，煙霧瀰漫中，劍叔將之取出，橫持在眼前審視。

小承君睜大眼睛看清楚了，那是一柄四尺長劍，劍身發出幽藍的光芒，在火光下顯得極其精峭，極其鋒銳。世上怎能有這麼美的物事？

次日他再去找那劍時，卻只看到一堆廢鐵。他不明白得劍叔為何要毀去打造得這麼精美的長劍，卻也不敢多問。此後，他便時常在半夜爬起身，偷偷去打鐵舖子外觀看劍叔鑄劍，時常看得出神。他從母親口中得知劍叔並不會使劍，也不練劍。在他小小的心目中已能猜想出，劍叔是在為自己鑄劍。有一天劍叔將會鑄造出世間最完美最鋒利的寶劍，而自己便將是那柄劍的主人。

為了實現這個願望，他更加勤奮地練劍。但是雪月本身並不是個劍客，在承君的劍法達到一定的境界以後，便無法給他更多的指導。承君知道自己劍術的進境已然停滯，心中焦慮，只能加倍下苦功練習。他告訴自己：我一定不能辜負娘親和死去爹爹的期望，我一定要成為配使劍叔所鑄寶劍的一代劍客！

數年過去，史承君已有十二歲了。母親告訴了他一切關於他死去爹爹的事情，他的超卓劍術、響亮名聲和種種英雄俠義事跡。母親要他找出仇人，為爹爹報仇。史承君嚴肅地承接了母親交託的使命，雖然他也會感到惶恐，感到不勝負荷；在中夜獨思時，他往往感到異常的沉重，似乎肩膀上扛著他自知無法承擔的責任。

這日午後，劍徒和承君正坐在打鐵舖前休憩，道上來了一個旅者。那是個身形高瘦的漢子，滿面風霜，長長的臉上生著一雙銳利如鷹的眼睛。他來到打鐵舖前，下馬叫道：「打鐵的，勞駕給換一副馬蹄鐵！」

劍徒應了，讓承君過去牽馬。那人低頭見到承君的臉面，猛然一呆，隨即轉頭往劍徒打量去。劍徒渾不理會，說道：「君兒，客人渴了，取碗熱茶來。」承君應聲去了。

瘦子在一旁木椅上坐下休憩，雙目炯炯，望著劍徒上前測量馬蹄大小，又望著他鉗出兩段生鐵放入爐中，揮鐵錘叮叮然打在黑鐵之上，將之打成長條形，再用鉗子彎成馬蹄形狀。

瘦子看了一陣，忽然開口道：「你是誰？你從何處來？那是你的孩子麼？」

劍徒沒有回答，也沒有抬頭。

第七章

瘦子陡然出手，銀光閃處，一柄長劍的劍尖已抵在劍徒的咽喉。劍徒仍然沒有抬頭，繼續打著他的馬蹄鐵。

瘦子微微一笑，說道：「好漢子！」他收回長劍，又坐回木椅之上，將劍橫在膝頭。

劍徒這時才抬起頭，反問道：「你是誰？你從何處來？來此何事？」

瘦子將長劍橫舉在身前，讓劍徒看清他的劍鞘上繡著一個血紅的「狂」字。瘦子道：「我來找故人之子。」

劍徒凝望著他，說道：「為甚麼？」

瘦子道：「教他。教他為故人報仇！」

劍徒點了點頭，說道：「好。我替你鑄一柄劍，比你手中那柄好上十倍。」

瘦子臉上露出喜色，起身抱拳道：「劍狂感激不盡！」

這時史承君端著茶碗出來，瘦子接過喝了，凝目向承君望去，說道：「孩子，你叔叔替我打鐵，我帶你去外邊走走。」

史承君向劍叔望去，見他點了點頭，便跟著瘦子去了。

劍徒望著一高一矮兩人向著荒野走去，喃喃自語道：「人來得好！」他已知道那人是誰，也知道他為何來此。他便是史青雲最後一場決鬥的對手，敗在史青雲劍下的劍術異人——劍狂張笑舟。劍徒知道，依著劍狂的個性，絕不能眼見惺惺相惜的敵手死得不明不白；他要讓對手的絕世劍術流傳下去，因此他要尋找傳說中逃過一劫的史青雲的嬌妻幼子，還有傳說中跟他們一起消失的百劍門小弟子劍徒。劍徒只須看劍狂出的那一劍，就能確知他的身分；世間只有劍狂才能使出這麼快這麼準的劍。他讓史承君跟著他去，因為他知道劍狂打算將他一身傲人的劍術，傾囊傳授給曾經與他齊名的一代劍客史青雲的兒子。

劍狂已經找了很多很多年。他心中日夜惦念著史青雲的遺孤和劍徒的形貌，在他一見到劍徒和史承君時，便如找到了失散多年的親人舊識一般，登時認了出來。他見到劍徒打鐵時的神貌，就知道他不是個尋常的鐵匠；他見到史承君酷似史青雲的臉龐，就知道這不是個尋常的孩子。他興奮已極，明白自己漫長的飄泊尋訪已到達了終點。

劍徒一邊打鐵，一邊露出了微笑。他知道承君天資極高，一旦得到劍狂的指導，將來必會成為一個了不起的劍客。他同時也預知了將有這麼一天，史承君將殺死自己的師父——百劍門主劍師白刃，為他的父親報仇。師父若得知自己曾為史承君母子做過些甚麼，定會大怒如狂，誓將自己千刀萬剮。

劍徒不禁打從心底湧起一陣惶恐慚愧。師父的教養之恩自己從未報答過半點，反而背叛了他，替他養虎貽患。史承君學成之後會做甚麼？他會發現父親之死的真相麼？會去找百劍門報仇麼？還是會終其一生都無法找出真正的仇人？

打鐵聲規律地響著，劍徒臉上的笑容卻消失了。

雪月遠遠見到一切，問過劍徒後才知劍狂來了，也知道了他是來教承君劍術的，只微微點頭，沒有多說甚麼。她心底有些想去見見這個丈夫生前的最後一個對手，卻又鼓不起勇氣。在她猶疑未決時，劍狂主動來找她了。

她請劍狂在打鐵舖中坐下，端上一杯茶。

劍徒也在鐵舖之中，背對二人，面對火爐而立，凝望著火爐中燒得白熱的鐵鉗，如平時一般靜默得好似不存在。

劍狂沒有去碰那杯茶，只定定地望著雪月，開門見山地道：「青雲和我是對頭，也是朋友。決鬥之前，他跟我說了一些話。」

雪月低頭默然而聽。她當然極想知道丈夫臨死前最後說過的話，但又不敢聽，彷彿聽了之後，便得承認他真的已經死了，不會再開口說話了。

劍狂又道：「他說他自知不是天下無敵，因為他有了牽掛。他心中最牽掛的就是他的妻子和幼兒。他放不下你們，因此再也無法忘卻生死，與敵人放手一博。他說，沒有置之死地而後生的鬥志，就沒有天下無敵的劍術。」

雪月望向窗外，這些話她是知道的。深夜枕邊，大哥曾跟她說起過很多次：有了她，有了承君，他就不再是個堅強的男子漢，不再是個可以兩肋插刀、義無反顧、視死如歸、拋頭顱灑熱血的英雄好漢了。她曾取笑他，說他淨說些喪氣話，莫非他寧可不要妻子兒子？他聽了只是哈哈大笑，說她胡思亂想。

劍狂又道：「他沒有贏我的把握，因此在動手前，託付了我一件事。他說他若身故，盼我能代為照顧你們母子。」頓了一頓，又道：「我應承了他。」

雪月仍舊望向窗外，眼中卻已噙滿了淚水，強忍著不讓淚水落下。

劍狂苦苦一笑，說道：「而我辜負了他的託付。我當時敗在他的劍下，受傷甚重，躲入山中隱居養傷。待我得知他遇襲身亡，你們母子逃亡失蹤，已是一年後的事了。我四處尋找你們，走遍了大江南北，踏遍了大城小村。這十多年來，我掛念你們的急切，只怕已不下於青雲當年掛念你們母子的急切了。」

他轉頭望向劍徒，微微點頭，又望向雪月，說道：「我已在終南山準備了個住處，極為隱密，衣食金錢全不必你們操心。你們搬過來住下罷。」

雪月卻只怔怔地落下淚來，一滴一滴的淚珠落在板桌之上，發出輕微的聲響。

打鐵舖中靜默了許久，雪月才道：「謝謝你的好意。我不願離開這兒。」她的話聲很輕，卻極堅決。

劍徒沒有回頭望向她，似乎早已預知她會這麼回答。

劍狂卻甚感驚訝。史青雲的妻子不是個尋常的女人，他想。他也不再勸說，只點了點頭，端起茶一口喝盡了，站起身，說道：「我去找承君了。」

雪月也站起身，向他盈盈拜下，說道：「大俠特意來此教導承君劍術，大恩大德，小女子感激不盡。」

劍狂微微頷首，拿起劍，出門而去。

第八章

劍狂在木麻鎮待了三個月。他從未在鎮人之前露面，只住在荒野的一間草屋之中。承君跟著他住在那兒，從朝至暮不斷地練劍。三個月後，劍狂將一身劍術盡數傳給了承君。他早已看出承君是個罕見的劍術天才，也知道一旦這少年劍術有成，自己便不是他的敵手了。但他並不在意。劍客是為劍術而活，只要高妙的劍術能在世間流傳不絕，不論劍術的主人是他自己或是別人，他都會感到衷心的欣喜滿足。

在此同時，劍徒也已鑄成了一柄長劍，做為贈予劍狂的謝禮。

劍狂接過那柄劍，用他自己的方法測試了一番，臉上露出掩藏不住的狂喜。他向劍徒道：「在那孩子出道之前，我還能仗著這柄劍在江湖上稱雄五年！」

劍徒臉上露出憂慮凝重之色，沉默一陣，才道：「江湖上有人能看出這柄劍出自我之手。」

劍狂聞言微微一呆，向劍徒望去。兩個漢子並肩站在木屋的後門之外，在沉默中傳遞了不能說出口的驚人內幕和殘酷真相。

劍狂點了點頭，還劍入鞘，說道：「可憐這柄寶劍，得在鞘中潛藏五年了！」他哈哈一笑，又道：「承君得報大仇之日，便是這柄劍出鞘之日！」

劍狂離去之後，劍徒獨自思考了許久。接下來該如何？他該不該告訴承君當年的真相？他何時能讓承君踏上報仇之路？

他望著天邊蒼茫的暮色，良久良久。

此後，劍徒每日都去看承君練劍，在心裡將他的劍術與記憶中師父的劍術相比較。他不知道師父這幾年的進境如何，但猜想他專注於鑽研劍術，定然已有極大的突破。只不過師父年歲已高，正漸漸步入老年；而且他的名聲地位已到達了頂點，或許他會自驕自滿，疏於練習？劍徒想著往年師父對自己的種種照顧教導、愛惜賞識，心中交戰不斷：如果承君打不過師父，我自然不能讓他去送死；但他若真能打敗師父，我又怎能讓他去？

他強自壓抑內心的焦慮掙扎，用心中那把無形的尺來衡量，不斷告訴承君，他的劍術仍不夠成熟。

承君全心全意地信服劍叔。每當他見到劍叔望著自己，緩緩搖頭時，他並不感到氣惱沮喪，反而生起一股更加強大的決心拚勁，咬緊牙根繼續勤奮苦練。他告訴自己：我必要得到劍叔的首肯才行。

日子便這麼一天天過去了。終於在承君十七歲時，劍徒心中再無疑問，知道他已全然準備好了。他望著承君使劍的身影，心頭如巨石般沉重，心知肚明就算師父的進境比自己想像中高上十倍，也絕對無法敵得過承君的劍。

他默然點頭。承君見到他眼中的嘉許之意，興奮地大叫起來，稚氣未脫的臉上露出激動、驕傲、欣喜諸般情緒。他衝回木屋，向母親跪下，泣道：「娘！娘！我要上路了！」

雪月放下手邊的女紅，淡然一笑，說道：「那正好。我替你縫的這個腰包也剛好完成了。」

劍徒花了一個月的時光，鑄出一柄長劍送給承君。

這是他心血的結晶。在那漫長的歲月之中，他早已在腦中不斷斟酌思量，這柄劍的輕重長短厚薄樣式，他都早已有了譜子。他看著承君練劍的時候，就不斷思索：怎樣的劍最適合這樣一個鋒芒未露的年輕劍客？怎樣的劍最能幫助這個一心為父報仇的青年劍客達成目標？

因為劍徒早已花了幾年的時光籌思，因此這柄劍打造得很快。當承君接過這柄劍的時候，正是冬末春初。他大喜若狂，雙手捧劍，奔出門外去試劍。

雪月和劍徒並肩站在門口觀看。劍徒感覺彷彿回到了十七年前的那個夜晚，他送劍去給史青雲時的情景。他望著史承君在飛舞的花葉間揮動長劍的身影，眼前隱約出現那夜史青雲在大雪紛飛中試劍的景象，忍不住喃喃說道：「真像，真像！」

雪月知道他是說承君像極了死去的丈夫，心頭不知是喜是悲，望著兒子，忍著淚水，轉身回入屋中。

當承君試完劍，滿心喜悅地回入木屋時，卻見到母親坐在炕邊，手裡撫摸著另一柄劍，眼中含淚。他從未見過這柄劍，也未見過母親如此撫弄長劍，心中極為好奇，忍不住開口問道：「娘，這是誰的劍？」

雪月手中持的，正是當年劍徒送來給史青雲的飛雪劍。她輕輕嘆了口氣，說道：「這是你爹爹以前用過的劍。」

承君大為驚奇，伸手接過飛雪劍，但見劍鞘上的紅色絲線已然褪色，可知它已度過了許多的歲月。他緩緩拔劍出鞘，卻見劍身精光湛然，雪白如新。

承君深深地吸了一口氣，不自禁地為這柄劍的奇異和完美所震撼。他將劍在空中輕輕一抖，感到劍身重而長，顯然是為一個身形比自己更加高大的人打造的。他雖已知道答案，仍忍不住問道：「娘，我能用這柄劍麼？」

雪月尚未回答，劍徒已開口道：「不能。」

承君問道：「為甚麼？」

劍徒只搖了搖頭，沒有回答。承君知道劍徒沉默寡言，他若不願回答，自己再追問下去也沒有用。承君又凝視了那柄劍一陣子，才將它收回劍鞘，還給母親。他問劍徒道：

「劍叔，這柄劍是你鑄的麼？」

劍徒點了點頭，又搖了搖頭，轉頭望向窗外。窗外春風和暖，史青雲的飛雪劍靜靜地躺在雪月的手中，似乎在凝視著劍徒的背影。

第九章

春滿大地，正是上路的好時光。劍徒告訴了承君當年的一些事情。他告訴他圍攻他父親的有十多人，都穿黑衣，蒙著面目，顯是蓄意掩藏身分。他們都使長劍，招術是同一門派，想必是武林某大劍派的弟子。武林中有辦法群攻史青雲、置他於死地的劍派只有三個，那就是江南快劍門，蜀山劍派，還有百劍門。

承君聽了，心中已自有數。他知道自己該怎麼做。他要去挑戰各大劍術門派，藉以找出殺父仇人。

這日清晨，天剛剛亮，承君收拾好了遠行的行囊，去向母親拜別。雪月望著已比自己高出兩個頭的兒子，緩緩說道：「孩兒，切莫忘了你是一代劍客史青雲的兒子，立身須謹慎，行事應光明，不可壞了你爹爹的名頭！」

承君肅然應承。雪月又道：「報仇時須小心在意，莫中了敵人的埋伏奸計。」承君點頭答應。

雪月靜了一陣，才揮手道：「你去罷！這一去，五年也好，十年也好，不用惦記著我。我只要你為你爹爹出一口氣，血刃仇人，告慰你爹爹的在天之靈！」

承君向母親磕頭，負起長劍行囊，灑淚出門。

劍徒牽著馬，一路送他到大路口。臨別時，他從懷中取出一柄八吋匕首，捧在手中端詳了一會兒，才遞過去給承君，說道：「這柄匕首，是我此生最得意之作。你貼身帶著。」

承君心中感動，雙手接過了，含淚道：「劍叔，我不會辜負您的期望！」

劍徒微微一笑，望著他上馬，說道：「你娘等著你回來。你莫讓她傷心。」

承君點了點頭，長嘯一聲，縱馬馳去。

劍徒回到木屋時，雪月正坐在炕上低泣。他不知該如何勸慰，轉頭見飛雪劍仍躺在桌上，便伸手輕輕將之捧起，拔劍出鞘，用手指畫過劍身，感到自己的手微微顫抖。

雪月抬頭望向他，哽聲說道：「他去了麼？他會回來麼？」

劍徒低聲道：「妳莫擔心。承君會平安回來的。」

雪月靜了一陣，忽問：「這柄劍，和承君那柄相比如何？」

劍徒凝望著飛雪劍，說道：「這柄劍沉穩厚重，卻不失鋒快凌厲，勝過承君那一柄。但承君的劍最適合承君……這是大哥專屬之劍，旁人不配再用。」

雪月身子微微一震。憑著女人的直覺，她隱約能體會到劍徒這句話背後的意思：他是否始終活在史大哥的陰影下，感到自慚形穢？他是否因為不願愧對史青雲的亡魂，才對他的妻子雖關心卻疏遠？他究竟是以怎樣的心情看待她，這柄「大哥專屬之劍」？

她想到此處，便沒有敢再往下想去。

但她的直覺果然沒錯。劍徒在承君離開後，便對她更加的疏離冷漠，在以往的沉默之上還添加了有意無意的迴避。有時他便在打鐵舖裡睡下，更不回木屋就寢。他盡量不與她單獨相處，即使吃飯都分開吃。他早早出門，深夜方歸，埋首於打造鐵器兵器，往往整日都不跟她說一句話。

雪月感到難言的迷惘和不安。她如往常一般替劍徒料理三餐，清洗衣物，縫製新衫。劍徒默默地接受她的一切好意，神態間卻總帶著一股說不出的冷淡隔閡。

轉眼一年過去了。這一年中，他們聽聞了許多關於承君的消息。他初出江湖便造成了極大的轟動：他孤身挑了七個知名的劍派，並打敗了蜀山劍派的掌門人。人們不知他的出身來歷，都說他是從天上掉下來的天才劍客。

雪月得知兒子在武林中揚眉吐氣，又是喜慰，又是感傷。大年夜晚上，她殺雞備酒，準備了一頓豐盛的年夜飯，在方桌上擺了四副碗筷，給丈夫、兒子、自己和劍徒。

但她一直等到深夜，劍徒始終沒有回來。她的一顆心隨著夜色緩緩下沉，望著蠟燭漸漸燒盡，一股強烈的孤單淒涼籠罩在心頭，忍不住伏在桌上，哭了出來。

那天夜裡，雪月獨酌微醉，再也忍耐不住，悄悄來到打鐵舖子，搖醒了晚歸的劍徒，凝望著他，直言道：「自從承君走了以後，你便蓄意避著我。為甚麼？你在惱我甚麼？」

劍徒望著她清麗的容顏，雙眸在月夜下顯得那麼晶亮，那麼哀怨。他看得癡了，忘了回答。

雪月直視著他，伸手握住了他粗厚的手掌。劍徒全身一震，隨即輕輕將手抽出。雪月轉過頭開始啜泣，難以自制。她哽咽道：「你莫要我求你。你曾經憐惜過我，照顧過我，現在卻為何不再理睬我了？」

劍徒說不出話，過了良久，才低聲道：「別這樣。」

雪月心酸難忍，撲在他肩頭，盡情哭了一夜。

此後劍徒不再蓄意逃避雪月，兩人又如以往承君還在家時一般，朝夕相處，互相照顧體惜。雪月流淚的時候較少了，劍徒也回到木屋過夜，仍舊睡在外屋的板床上。偶爾雪月心緒紊亂，難以入眠，劍徒便會去她床邊坐著陪伴，聽她述說憂思瑣事，任由她握著自己的手沉沉入睡。兩人便這般共同過著日子，漸漸地習以為常，心頭都感到前所未有的平安喜樂。

第十章

自史承君踏上復仇之旅，已有將近兩年了，至今一切都很順當。他已會過十餘個當代高手，場場皆輕易取勝。上個月他才挑戰了江南快劍門的門主，在兩百招後佔了上風，贏了一招便收手，讓對手輸得心服口服。他對自己的劍術滿懷信心。下一步他便要去挑戰天下第一劍派百劍門的掌門人，劍師白刃。

當劍師白刃接到史承君的挑戰書時，他並不以為意，只吩咐弟子好生接待來人。長江後浪推前浪，傑出的少年英雄所在多有，但劍師白刃清楚知道，這些年輕劍客就算劍術高妙異常，也絕對無法敵得過自己五十年的功力，和自己多年累積造就的顯赫名聲。他老早為對付這些年輕劍客定下了一套應付之法：他一方面極盡客氣地善待禮遇他們，一方面擺出前輩高高在上但不失謙卑的姿態，彷彿自信必能輕易擊敗他們，卻連稱自己年老力衰，不是敵手，甘拜下風。初出道的後生往往被他所惑，有的震於他的威勢，不敢挑戰；有的感於他的風度，衷心仰慕；也有的被他恩威並施所收伏，俯首聽命，一生沒有貳心。

劍師白刃早已聽說了這個新出江湖的年輕劍客的事跡，知道他來勢洶洶，意氣昂揚，想是為了在武林中大大露臉，掙足風頭光采。只要給足了他面子，再挫挫他的威風，他想，這年輕人怎能不感激欽服，唯我之命是從？

劍師卻沒有料到，這不是個追求名利的尋常劍客。這是個挾著復仇恨意而來的大敵。

史承君為探查父仇真相，從出道起便使用化名，自稱「王劍」。因他出手凌厲，從未落敗，威勢無匹，江湖上送了他一個外號，叫作「青天霹靂」。他年紀雖輕，成就雖高，卻始終不驕不躁，穩重自持。一個劍客就該有這樣的修養，臨危不亂，處變不驚，富貴貧賤都不能屈其志。這幾年來他會了許多劍客，心中漸漸確知：別的劍派中人都不可能殺死自己的父親，有此能耐的，唯有百劍門。

當史承君來到百劍門外時，已有八個青衣弟子候在門口，垂手迎接，神態恭敬。史承君微微一愣，他沒有料到百劍門竟會如此禮遇上門挑戰的劍客，當下也放低氣焰，抱拳道：「在下王劍，久仰貴派聲名，特來向劍師白刃請教！」

一個弟子躬身抱拳答道：「家師已恭候多時，王少俠請進。」

史承君跟著眾弟子走入百劍門，但見大門寬闊宏偉，匾額上橫寫著四個大字：「鋒快凌厲」。每個字都如龍飛鳳舞般，氣度恢弘。史承君微微一凜，心想：「寫這字的人，劍法一定甚高。」

穿過一個中堂，來到大廳之外。史承君緩步踏入大廳，見到正堂布置得極為氣派，廳上一幅對聯寫著：

「百世奇才聚一門，劍氣磅礴沖九霄」。

大廳兩旁滿是刀、槍、劍、戟等各種兵器，在日光下閃著青白色的光芒，顯然都是極為鋒銳的利器。

正當史承君轉頭打量大廳四周時，正中屏風後轉出了一個老者，朗聲笑道：「王少俠！老夫久聞你的名聲劍法，好生佩服。今日終於得見，真是大快我心！」

史承君向那老者打量去，只見他身形矮壯，白髮白鬚，長眉細眼，鼻高而多骨，頰瘦而略黃，臉上有著老年人的風霜世故，有著一代劍術宗師的威嚴氣派，有著絕世鑄劍大師的沉穩精明，也有著一股讓人難以看透的深沉隱晦。

史承君心道：「這就是稱霸江湖數十年的劍師白刃了。」他跨上一步，抱拳為禮，說道：「這位想必便是百劍門白門主。後生王劍有禮。」

劍師白刃拱手笑道：「王少俠不用多禮。老夫白刃，江湖上稱老夫一聲『劍師』，可是恭維得過火了，呵呵，呵呵。王少俠英雄年少，劍術威猛，勢不可當，幾年間便在江湖上闖出了好大的名聲，連老夫聽了都駭然失色，肅然起敬呢。請坐，請坐！」說著擺手請他坐下。

史承君還了禮，在左首椅上坐下了。

劍師白刃向這年輕人的臉上望去，但見他神色毫無改變，仍舊直直地望著自己，眼中閃耀著凌人的光芒，挑戰的念頭顯然早已深深刻印在他的心底，不是幾句話便能移轉。劍師白刃微微一笑，知道一場比鬥是難免的了。他不等弟子奉上茶，便站起身，擺手道：「老夫看得出王少俠挑戰心熾，不如這邊請罷。」

史承君點點頭，說道：「好，爽快！」起身跟在劍師白刃身後，來到廳後的練武場。

那練武場是一片長寬各十餘丈的硬土地，東北角上放了一座巨大的火爐，爐火正熊熊燃燒，爐旁放置了各種各樣的鑄劍器具。劍師的徒弟們魚貫而入，在練武場周圍站了一圈，負手而觀。史承君緩步走到場中，雙手橫持長劍，說道：「請賜高招！」

劍師向旁一伸手，兩個弟子捧著一柄劍快步奔出，將劍高舉過頂。劍師接過了，手一抖，劍鞘倏然向旁飛去，一道銀光閃處，劍已出鞘。兩個弟子顯然早已熟知師父的習慣，當即躍起接住了劍鞘，再迅速退去。但見劍師手上的劍並不長，卻異常粗重，約是一般長劍的三倍粗，劍鋒發出紫色的光芒，顯然銳利非常。

史承君心中一凜：「劍師是鑄劍師出身，這柄劍定是他的得意之作。此劍沉厚雄渾，他能使這劍，膂力定然驚人。」他緩緩拔劍出鞘，將劍徒親手鑄成的寶劍橫在身前。他身形甚高，足比劍師高出一個頭，手中長劍也長上許多，劍身正對著劍師。

劍師白刃看到這柄劍，微微瞇眼，尚未來得及開口詢問，史承君已清嘯一聲，持劍攻上，連遞了八劍。劍師白刃叫道：「好！」揮重劍抵擋。史承君的劍如飛雪，如狂風，如晨霧，讓對手捉摸不定，數十招下來，兩劍竟未相交一次。劍師白刃心中暗驚，全神貫注地接招，心中疑惑大起：「這柄劍是誰鑄的？這孩子的劍術是誰教的？」

史承君因知對手膂力強勁，便不讓自己的劍與對手的重劍相斫，不等劍刃相交便換招，極力搶攻。但見場中一高一矮、一老一少身形翻飛，劍光耀目，雖無一般打鬥的劍交之聲，形勢卻只有加倍凶險。

劍師白刃不料這少年的劍術已達此爐火純青的地步，心中暗自驚詫。他看出對手不敢觸及自己的重劍，便拿定了主意：「我只有打斷他的劍，方能取勝。」當即上手搶攻，一劍重過一劍，招招向對手的要害砍去。史承君見對手來勢凶猛，不由自主向後退去，不出幾步，已退到東北角的大鐵爐之前。他感到背後熱氣蒸騰，腦中忽然閃過劍叔赤著上身，站在鐵爐前專心鑄劍的景象：豆大的汗水如雨水般從他的臉上、身上滑落，滴在鐵爐之中，冒出一陣陣的煙霧。史承君一咬牙，心想：「我持的是劍叔所鑄的劍，怎能懼怕對手？」

便在此時，但聽噹的一聲巨響，兩劍相交，旁觀眾百劍門弟子驚呼聲中，一柄劍沖天飛起，遠遠落在練武場角落。眾人定睛望去，但見史承君手中長劍完好無缺，劍尖正指著劍師白刃的眉心，而劍師手中的重劍竟已自劍柄硬生生地折斷了！

劍師白刃臉色霎白，一時不敢相信眼前之事。史承君凝望著他，嘴角露出微笑，還劍入鞘，轉身便要離去。

眾百劍門弟子驚怒之下，一擁而上，紛紛拔出兵刃攔在他身前。史承君冷然望向眾人，長劍再次出鞘，守在身前，顯然不懼一場群戰廝殺。

但聽劍師白刃喝道：「全部退下！」眾弟子連忙退開。劍師轉過身來，臉色和緩，向史承君道：「王少俠，閣下劍術精湛，寶劍鋒快，老夫甘拜下風。老夫只想請問一事，盼王少俠直言相告。」

史承君道：「門主但問不妨。」

劍師白刃道：「請問，閣下與青雲劍客史青雲如何稱呼？」

史承君身子一震，長長地吸了一口氣。他已打敗了天下第一劍術大師，已達到了當年父親未能達到的巔峰。他面對著白刃，這個他想當然耳的殺父仇人，心中再無顧忌，朗聲道：「青雲劍客，便是家父！當年家父受賊人圍攻而死，定是百劍門下得手。今日我來此為父報仇，你敗在我的劍下，還有甚麼話說？」

劍師白刃早已料到，但聽他直言承認，心中也不禁暗自震驚。他伸手摸著花白的胡子，神情嚴肅，不斷點頭，喃喃道：「原來如此，原來如此！唉，怎知道，怎知道……」卻不再說下去。

史承君見他面色有異，忍不住問道：「白門主，你有甚麼話，何不爽快說出？」

劍師白刃心中早已擬好了計策，臉上神色益發凝重，說道：「你可知你手上這柄劍，是何人所鑄？」

史承君不禁低頭望向手中長劍，說道：「我當然知道。閣下何以相問？」

劍師白刃緩緩說道：「因為我也知道。他名叫劍徒，曾是我最鍾愛的鑄劍徒弟！」

史承君一呆，脫口道：「劍叔是你的徒弟？」

劍師白刃道：「不錯！我一直在尋找他，卻沒想到他竟始終陪伴在史大俠的遺孀身邊！嘿嘿，真是知人知面不知心哪！」

史承君聽出他話中有話，將劍往地上一拄，說道：「此中詳情，還請明言。」

劍師白刃嘆了口氣，說道：「說來慚愧！你來找老夫報殺父之仇，原也應當。都怪我教徒不善，遺禍不淺！事已至此，我便都跟你說了罷！劍徒這孩子是個孤兒，我見他頗有鑄劍天分，便收他為徒，讓他跟在我身邊，盼能將一身鑄劍技巧傾囊相授。沒想到有一回我應令尊之請，替令尊鑄了一柄長劍，我讓劍徒去送劍時，他見著了令堂的容貌，驚為天人，愛戀難已，我多次勸說管教，仍不防他心生歹念，計畫殺害令尊，橫刀奪愛。他在令尊與劍狂決鬥之後，便設下陷阱致令尊於死地，並假裝好人，帶著令堂和你逃跑，以騙得令堂的信任。之後他伴著你母子長大，想必用盡心機，企圖贏得令堂的芳心。其居心之險惡，用心之長遠，委實令人不寒而慄！」

史承君默然而聽，過了良久，才道：「依你所言，害死我父的乃是劍叔？」

白刃點頭道：「正是！老夫慚愧無地，當年得知他幹下這等惡行，先是不敢相信，後來派人去仔細調查，才確知傳言無誤。我一心想將這叛徒抓回，依門規處置，但多年來始終未能找到他。他知道我不會放過他，才出此毒計，唆使你來找我報仇，以便借刀殺人，永除後患。但他定然未能料到，我一眼便認出了他鑄造的長劍，並會將真相告知於你。」

史承君畢竟年輕識淺，在他心中，母親是神聖不可侵犯的。自幼至長，他從來未曾懷疑過劍叔對自己母子的用心。但此刻回想起來，卻又不由得他不信：母親和劍叔之間的互相依靠，互相體惜，誰能相信劍叔不曾別有用心？劍叔若非出身百劍門，又何來如此高超的鑄劍之術？劍叔若當真出身於百劍門，而父親又是死於百劍門人之手，這其中的陰謀自是呼之欲出了。劍叔長久以來隱瞞自己出身百劍門的事實，其中顯有不可告人之處。

一時之間，他心亂如麻，過了半晌，才道：「我明白了。」拱手道：「告辭。」

白刃叫住他道：「史少俠！你卻有何打算？」

史承君眼望遠方，心中一團怒火正熊熊燒起。他道：「我要去將事情問個明白。」

白刃嘆道：「他畢竟是我徒弟，你要報父仇，誅殺此賊，我不能置身事外。你若需要任何幫忙，老夫義不容辭。」

史承君道：「不必。」說完便轉過身，大步離開了百劍門。

白刃望著他的背影漸漸遠去，臉上倏然覆滿殺氣，向左右弟子道：「全數帶上兵刃，隨我出發，連夜跟蹤這小子！」

第十一章

史承君馬不停蹄地趕回木麻鎮，思潮如狂風巨浪般在他胸口翻騰不已。劍師白刃所說究竟是否為實？劍叔難道真是這樣的人？我怎能被他蒙蔽了十七年而不自知？

他來到家門口，屋裡一片漆黑，母親和劍叔想來都已就寢。他輕輕推開門，往外室一望，但見劍叔的板床上空無一人，內室的門卻關著。史承君如中雷擊，呆在當地，過了好一陣，才走上幾步，來到內室門外，遲疑該不該伸手敲門。

便在此時，門倏然開了，卻是劍徒聽到有人入屋，出來探視。他看到史承君，微微一怔。史承君見他與母親夜宿一室，早已怒火中燒，低聲道：「跟我出來。」

劍徒披上外衣，跟他出門而去，來到打鐵舖後的曠野之中。兩人相對而立，靜了一陣，劍徒才開口道：「你回來了。」

史承君冷然道：「是，我回來了。」

劍徒聽他語氣冰冷，知他生了誤會，輕嘆一聲，說道：「你母親……」史承君舉起手阻止他說下去，凝望著他，說道：「我只問你一句話。我爹爹的死因，你可知情？」

劍徒靜默一陣，緩緩點了點頭。史承君道：「你既知情，為何始終不曾告訴我？」

劍徒搖頭道：「你現在既已知道，應當明白我為何不曾告訴你。」

史承君強忍怒氣，喝道：「我明白！因為你就是害死我爹爹的主凶！你奉師命送劍給我爹爹，待他與劍狂決鬥，便讓人埋伏圍攻，之後又假惺惺地帶我娘逃走。這一切都是為了博取我娘的信任和感激，贏得她的心！你……」他越說越怒，陡然拔出長劍指向劍徒的胸口，劍尖在月光下閃著冰冷的寒光。

劍徒默然不語，只哀然望著史承君，和他手中自己親手鑄造出的寶劍。

史承君喘了口氣，說道：「我再問你一句。你對我母親有心，是麼？」

劍徒閉上眼睛，心頭浮起雪月俏麗柔美的容顏，親切溫柔的笑語，就如自己第一次在蒼草山腳下的木屋中見到她那時一般。

他緩緩點了點頭。

史承君的胸口如被重鎚打了一下，大叫道：「你是甚麼東西，你怎能替代我爹爹？你害死我爹爹，妄想占據我的家，你蒙騙了我母子十七年，現在……現在該得到報應了罷！」手中長劍抖動，便要刺入他的胸口。

劍徒站在當地不動，睜開雙眼，靜靜地望著面前怒發如狂的青年，他不善言語，當此情境，只能嘆口氣，緩緩說道：「我沒有害你爹爹。我只是來送劍給你爹爹，並不知道師父派了師兄們來埋伏偷襲。」

史承君搖頭怒道：「你師兄們出來偷襲，你怎可能不知？你……」話聲未了，劍徒忽然向前一縱，抱著他撲倒在地。史承君一驚，長劍揮處，在他肩頭斬了一個口子。便在此時，眼前白光連閃，七、八枚袖箭從他面前飛過，射入地上。他這才驚覺：「有人偷襲！是劍叔救了我！」當即一躍而起，揮劍擋下從四面八方飛來的袖劍，大喝道：「偷施暗算的狗崽子，還不現身！」

樹叢中竄出數十個黑衣人影，各持兵刃，大聲呼喝，衝上前來。史承君只看一眼他們的身形劍法，便已知道他們是百劍門人，心中一凜，高聲長嘯，揮劍抵擋。他瞥目向劍叔望去，卻見一個矮壯老者不知何時已出現在劍徒面前，目光如炬，正是劍師白刃。

史承君心中又驚又悔，此時眾百劍門人已團團將他圍住，不斷搶攻。他出手快而狠，殺退了三、四人，卻難以衝出重圍去相救劍叔，內心焦急如焚。

劍徒早已猜知是師父欺騙誤導了史承君，讓他回來找自己報仇，並尾隨跟蹤來此。他眼見長年懼怕愧對的師父終於出現在面前，不禁全身顫抖，緩緩爬起身，勉力支撐著劍傷，在師父面前跪下，垂首道：「師父，徒兒這條命本就是您的，您拿去罷！」

劍師白刃森然望著他，說道：「你也知道自己該死！」舉起一柄短刀，抵在劍徒的咽喉。

劍徒知道自己必死無疑，但他不能讓史承君也喪命今日。他轉頭望向史承君，又抬頭望向師父，顫聲道：「你殺了我便是。但是……但是求您放過他！」

劍師白刃大笑道：「你二人都已是我甕中之鱉，我怎會放過他？我要在你面前殺死這後生，讓你眼看著自己十七年來一手培養出來的天才劍客，如何慘死於我的劍下！」

劍徒嘴唇顫抖，遲疑一陣，終於吸了一口氣，說道：「師父，您難道不想知道，我是如何鑄出那柄劍的？」

劍師白刃一愣，側頭望向史承君手中的長劍。他確實想知道，史承君的劍怎能比自己最珍貴、最得意的重劍還要鋒快？身為當世數一數二的鑄劍師，他不能不感到極度的好奇。他望向劍徒，微一沉吟，才道：「不錯，我確實想知道。說罷，你有甚麼條件？」

劍徒道：「求您讓他全身而退。」

劍師白刃點了點頭，說道：「好！」喚了一個弟子過來看著劍徒，自己轉身拔劍，加入圍攻史承君的戰團。

史承君在眾百劍門弟子良久圍攻下漸漸左支右絀，已顯不敵，加上劍師白刃又出手，登時落於下風。不多時他身上便中了兩劍，鮮血染紅了衣衫，顯然難以支撐長久。

劍徒高聲叫道：「承君，莫再抵抗，他已答應饒你一命！」

史承君叫道：「這種人的話怎能相信？我便死在此地，也不要他假意相饒！」

劍徒叫道：「你要想想你娘！」便在此時，史承君悶哼一聲，卻是被劍師白刃刺中了小腿，跌倒在地。四、五個百劍門弟子搶上前來，分別以劍指著史承君身上要害。劍師白刃哈哈大笑，夾手奪過了史承君手中長劍，持在手中仔細觀看，臉上神色又是好奇，又是驚異，又是欽羨。

史承君單膝跪地，冷然望向劍師白刃，怒喝道：「當年害死我爹爹的，正是你這奸賊！」

劍師白刃得意非常，大笑道：「不錯！你和你爹爹一樣沒腦子，這麼容易便墮入我彀中！你爹爹當年死於荒山，葬身狼腹，他大概沒料到，自己的兒子也將是同樣的下場罷！」史承君聽了，眼中如要冒出火來。

劍徒叫道：「師父！您答應讓他全身而退啊！」

劍師冷笑道：「劍徒啊劍徒，十多年了，你仍和少年時一般天真無知！我怎能養虎貽患？這小娃子我自得立時殺了，再慢慢折磨你，逼你說出鑄劍的祕密。難道你還能逃得出我的手掌心麼？」

第十二章

劍徒忽然大叫一聲，猛然向前一衝，挺身向劍師白刃撞去。劍師白刃不及收劍，手中長劍登時在他胸口劃出一道長長的口子。劍師咒罵一聲，伸腿將他踢開。史承君已抓住機會，從靴筒中拔出臨行前劍徒相贈的匕首，猱身衝上，匕首直向劍師白刃刺去。劍師白刃喝道：「大膽小賊！」揮史承君的長劍去擋。

便在兩刃相交的那一剎那，奇事陡生，史承君的匕首竟無聲無息地將長劍削成了兩截，刺入了劍師白刃的胸口。

劍師睜大了眼睛，滿面不可置信，喃喃自語道：「這匕首……怎麼可能……」他本已難以相信世間竟有一柄比自己的重劍還要鋒快的長劍，又怎想得到，世上還有一柄比那長劍還要更加鋒利的匕首！他自詡為一代鑄劍大師，卻在臨死之前見到兩柄自己窮盡一生也未能鑄出的絕世利器。

眾百劍門弟子都驚得呆了，直過了半晌，一個弟子才大叫一聲，仗劍向史承君衝去，喝道：「小賊，待我為師父報仇！」

史承君臉上身上都是鮮血，胸中豪氣充斥，喝道：「都上來罷！」隨手奪過一柄長劍，雙手一劍一匕首，與身邊眾百劍門弟子廝殺纏鬥不已。

劍徒躺在一旁，感到胸口和肩頭的傷口鮮血汩汩流出，知道自己就將死去。他側頭望著史承君在夜色中劇鬥的身影，手中長劍和匕首發出亮白色的光芒，心中竟是一片難言的平安滿足。他心想：我總算沒有對不起史大哥，沒有對不起雪月。

忽見一人衝到他身前，那是個百劍門弟子，面目猙獰，喝道：「無恥叛徒，叫你死無葬身之地！」揮劍斬下，劍徒閉上眼睛等死。

過了一會兒，那劍卻始終未曾斬下，劍徒的神智漸漸昏迷。恍惚中，他感到一人抱起了自己，奔出一段，坐倒在地，之後他便聽到了一個熟悉而輕柔的聲音：「劍徒，劍徒！你不能死！」

那是雪月。他長長地吸了一口氣，使勁睜開眼睛，在月光下望向雪月的面容，她清絕秀麗的臉上滿是關懷憂急。他知道，那是對自己的關懷憂急。他微微一笑，緩緩伸出顫抖的手，輕觸雪月的臉頰，低聲喚道：「雪月。」

這一聲呼喚是那麼的虛弱，那麼的輕微，在雪月耳中卻直如雷鳴般驚天動地。相依為命、朝夕相處了十七年，他竟從未呼喚過她的名字！她勉強壓抑心中震驚，手上急急替他包紮胸口和肩頭的劍傷。在那一瞬間，她終於明白：這個老實淳厚的男子，是以鑄出世間第一鋒銳的寶刃，和造就世間第一劍客史承君，來深愛一代劍客史青雲的妻子；這個沉默寡言的漢子，是用十七年的歲月，用從朝至暮、無怨無悔、無止無盡的奉獻，來道出對心愛女子真摯而深刻的情感。

雪月替他包紮好了傷口，讓他躺在自己膝頭，忍不住淚流滿面，俯身緊緊摟著他的身子，泣道：「你為甚麼不早說出來？你為甚麼不早說出來？」

劍徒沒有辦法訴之於口，因為他是個不善言詞的老實人，也因為史青雲並沒有死去——直到此刻。他緩緩搖頭，將口湊在雪月的耳邊，又輕輕喚道：「雪月，雪月。」

雪月聽著他的呼喚，心中感到一股異樣的狂喜。他們同時明白了一件兩人始終不曾也不敢去想的事情：他們早已不能沒有對方。

她緊緊握著他的手，將他的手放在自己的臉上。劍徒輕撫著她柔嫩的臉龐，低聲道：「我不懂……我不懂該怎樣待妳。」雪月輕聲道：「你這樣待我，我很歡喜。這十七年來我都很快活，現在最是快活。」

劍徒笑了，低聲道：「雪月，雪月。為了妳，我真想活下去。」

她微微點頭，一邊微笑，一邊流淚，漸漸明白了他是以甚麼樣的心情與她同住在一個屋簷之下，度過這段漫長而沉重的歲月。他原本是個血氣方剛的少年，他原有一片廣闊的天空，有著自己的夢想和寬闊的未來。只為了一念不忍之心，他出頭救助了這對孤苦母子，背叛了師門，放棄了前途，從此隱姓埋名，藏身荒郊僻壤，十七年來用他的勞力和心血照顧保護著這對母子，好似他們真是他的妻眷親人一般，默默地付出了自己最寶貴的青春歲月。而這麼多年來，他不得不壓抑自己對她的深厚情感，深藏對師父的歉意恐懼，承受對史青雲的愧疚自慚，獨自承擔這無盡折磨苦楚。

雪月想著這一切，不禁泣不成聲。在她親手埋葬丈夫之時，她只道自己的心也同時被埋葬了，這世上不會有人能從冰冷泥土中掘出她已隨夫死去的心。他是世間英雄，一代豪傑；她還記得第一次見到他時，便為他英俊挺拔的外表、爽朗豪邁的性格傾倒，難以自拔。此後的日子中，他們曾是世間最幸福的夫妻，他的俠骨柔情、真誠體惜，讓她幾乎難以相信自己的幸運。這一切美好的記憶仍深深烙印在雪月的心底。即使在他死後，他仍以某種方式繼續存活著，在雪月細心縫製的布衣之上，在她飯桌上多放的一套碗筷之中，在她被淚水溼透的枕頭之旁。

然而在不知不覺之中，她空虛的心已逐漸被另一樣事物填滿，那是她自己也不明白的事。在她心中駐留的是這個沉默寡言的漢子，用光陰和行為來述說真情的男人。她由感激而生起情意，由敬佩而生起愛慕，由倚靠而生起依戀。但是她始終無法釋放心中的情感，因為史青雲和他的飛雪劍，始終橫梗在那間小小的木屋之中。

然而就在此時此刻，在這清明的月夜中，在這木麻鎮外的樹林裡，在劍徒重傷垂危之際，兩人終於釋放了他們的真情。只消有了此時此刻，就算地老天荒，海枯石爛，這一刻也不會消失，不能逆轉了。

天明時分，木厤鎮上仍舊籠罩著一層薄霧。

廟口打鐵舖後的木屋裡，劍徒斜靠著火炕而坐，雪月坐在他身旁，手中拿著一碗稀粥，一匙匙餵他吃下。他的劍傷尚未痊癒，但在雪月和史承君的細心照料下，已無生命危險了。

門聲響處，史承君走了進來。他做旅人裝束，身上揹著包袱，顯然已準備好要上路了。他走到炕邊，低聲問道：「劍叔，身子如何？」

劍徒點點頭，說道：「沒事。」他伸手從炕邊取過一件物事，遞過去給史承君。那是一柄包在青布中的長劍。

史承君又是驚訝，又是感激，恭敬接過了，將劍套除去，卻見劍鞘竟和父親當年的飛雪劍一模一樣，青色的牛皮革上纏著紅色絲線，但絲線顏色鮮明，顯是全新製成。他緩緩拔出長劍，劍身雪白光亮，正是父親曾短暫擁有過的飛雪劍。

他心中激動難已，望向母親，雪月向他點頭微笑，說道：「你已配用你爹爹的劍了。」

史承君跪在母親身前，磕了三個頭，又對劍徒磕了三個頭，含淚說道：「劍叔，請您原諒承君！」

劍徒搖頭道：「我從不曾怪責你。」

史承君流下眼淚，又向他磕了一個頭，說道：「請照顧娘親。」

劍徒肅然點頭。史承君抹去眼淚，站起身，提劍出門而去。

雪月扶著劍徒下炕，來到門邊，並肩目送著史承君的背影漸漸遠去。

一代劍客史青雲有了足以自傲的傳人，一代英雄的妻子也有了安穩的歸宿。而一代鑄劍神手，則將步上他嶄新的人生，開創一段震古鑠今的璀璨事業。流傳後世多少件鋒銳絕倫的神妙兵器，多少柄切金斷玉的利刃寶劍，和那柄曾被歷代英雄霸主逐鹿天下時所持有，曾令天下武人爭奪不休的「龍湲劍」，皆出自一代鑄劍大師——劍徒之手。

然而世間知道劍徒生平事跡的人，卻已經很少很少了。

（完）

杏花渡傳說

第一回　杏風酒肆

川鄂交界，臨長江北岸杏花渡口之旁，有個不到百戶人家的小村，因夾岸生滿了杏樹，自古便被喚作杏村。溯流入蜀和下行入鄂的船隻都要經過此地，也照例要靠岸停泊，憩息半日或在此過夜的。

這杏村的好處，不是常行江船的人怕是很難說明白。它是個山明水秀的小村子，坐落在巫山和興山之間，乃是入三峽險灘前最後一個擁有平靜水面的口岸。杏村裡甚麼都買得到，吃的、穿的、各樣雜貨商品，樣樣俱全，若是這回出門忘了給媳婦帶上一疋花布，忘了給小兒子帶上一塊雪花甜糕，這村裡總有得賣，價錢也不比外地貴上許多。

此外，該地的山水勝景馳名西南，村後有座斜月山，山上有孤仙台、無情洞、殘月亭和獨觀瀑布等名勝，上下江水的遊客總愛在此小留半日，上斜月山去遊覽風景，也好離船小憩，舒展舒展筋骨。

停船之後，從杏花渡碼頭走上去，最先映入眼簾的便是岸旁的一株老杏樹，和懸掛在樹枝上迎風招展的酒望子。那是個玄青色底、鑲著銀白邊框，極其搶眼的一面酒旗兒，旗上寫著「杏風酒肆」四個朱紅大字，凡上岸的沒有人不看見它。

初來此地的文人墨客，往往為那幾個字的筆力圓潤嘖嘖稱奇，不意在這江邊小村中也能見到這般風骨脫俗的墨跡，紛紛詢問那字是何人所寫。

待從本地人或船家口中得知那字乃是酒肆老闆親筆所書，則又猜測那老闆是何等人物，興致勃勃地想去造訪攀談，一睹風采。而常來此地的船家商旅，則一望那酒旗就不禁喉嚨發癢，迫不及待想去那杏風酒肆沽一升老闆親釀的香雪酒、五香燒酒、天門冬酒或是川西白酒，一解酒饞。

說起這杏風酒肆的老闆，人人都知道姓趙，單名一個真字。除了擅長釀酒之外，趙老闆廣受來往客旅歡迎之處，主要在其豪爽大方，甚至帶著點兒俠氣的性格。因此在那舖子出入的，除了一般商旅船家，也不乏江湖人物、武林豪傑。趙老闆從不在乎客人是貧富貴賤，黑道白道，總是一般地熱誠招待；遇上嗜酒而阮囊羞澀的，也常大方地讓他賒帳，從不計較。

時而有酒客在酒肆中因宿昔仇隙或一言不和而起爭執，趙老闆總能從中勸和，令兩端各讓一步，罷手言和。更有些身世淒苦、終年飄泊的浪子，或是在旅途中遇到風浪盜匪或其他困難的商旅，還有些情場失意、心碎寂寞的年輕子弟，來到那酒肆藉酒澆愁，趙老闆總能體恤這些人的不幸，或解囊相助，或不厭其煩地陪他們挑燈對酌，傾聽這一切人世間的悲音苦水。

至於趙老闆自己的來歷背景，人們卻知道得很少。正因為知道得少，所以眾說紛紜，傳說各異，而這些傳言大多沒有甚麼可靠的根據。只有一件事是比較確切的，那就是關於趙老闆曾與天下第一幫青幫幫主趙觀邂逅的經過。據說趙幫主那年在武漢大婚之後，帶著六位夫人前往蜀川遊賞風物，歸途中船經杏村。他因久仰杏風酒肆趙老闆的大名，自己又是個嗜酒如命的人物，便特意讓船停泊在杏花渡口，親自上岸去品嘗趙老闆親釀的香雪酒。

趙幫主與趙老闆的相遇，是很帶著點傳奇性的。據說趙幫主在傍晚時分來到酒肆，趙老闆並不識他，卻一眼便看出他不是尋常人物，當即請走餘下的三兩客人，關了店門，親自沽酒待客，坐下與趙幫主對飲傾談。兩人一見如故，直暢談至半夜。趙幫主感於美酒知音之難得，雖是新婚燕爾，竟自流連忘返，樂而忘歸，將幾位夫人留在船上苦候。三更之後，趙老闆更親自下廚炒了幾樣小菜，繼續與趙幫主對酌談笑，直至天明方散。

據說自那一次相會之後，趙幫主每每提起杏村的杏風酒肆，語氣總若有憾焉，似乎遺憾未能在成婚之前，得遇這位酒肆奇人趙老闆。但他對趙老闆的心儀和知己之情，並非就此隨江水消逝。在那次相遇之後，消息不脛而走，很多人都聽聞了這件奇事：杏村的趙老闆竟與天下第一幫幫主趙觀結拜為姊弟。

因著趙老闆和青幫趙幫主的結拜關係，更沒有人敢在趙老闆的酒肆中鬧事。儘管來客龍蛇混雜，三教九流，冤家仇人時而不期而聚，然而至今仍沒有人敢在酒肆中叫陣拔刀。再則杏村的和平無事是遠近知名的，武林中竟有這樣的傳言：「要圖清靜耳根，少林不如杏村；若想排解紛爭，三幫不如趙真！」

若說杏風酒肆的香醇烈酒，以及趙真的豪爽性格是當地二絕，那便不能不提被譽為「蜀東第一絕色」的趙老闆的外貌了。她總愛穿桃紅色的衣衫，頭上包著同是桃紅色的頭巾，一襲月牙白的曳地長裙，雖是尋常酒家女主人的打扮，卻有股說不出的脫俗韻致，說不出的清爽悅目。至於她的年紀，人們猜測約莫在三十上下，卻總難有定論。因她爽朗愛笑，談笑風生時便如豆蔻年華的少女般天真愛嬌，唯有她大笑時眼角浮起的淺淺皺紋，才透露出她已不再是二八芳齡了。而她嚴肅起來時，那對冷如秋霜的眼睛和沉穩深邃的神態言談，又昭示著唯有飽經滄桑的成熟女子才能擁有的世故通達。

許多年紀大些的江湖中人都說，記憶中趙真的杏風酒肆似乎早早就在那兒了，總有個十多年的歷史。但是歲月對那小小酒肆似乎特生寬容，不管過了多少時日，來往客人川流不息，形形色色，那杏風酒肆卻總是一成不變，永遠窗明几淨，桌椅齊整，雅致舒爽；各種名酒的味兒也總是香醇絕佳，從不讓人失望；趙老闆的熱誠招待和爽朗笑容，自然更是不會稍稍減退的了。而她那歷久不衰的妍麗容色，總教年華漸老的女子們又妒又羨，紛紛打聽趙老闆用的是甚麼保養祕方。甚至有人說，連趙老闆頭上那塊桃紅色的頭巾都像是永遠不會褪色似的，便再過個十年，也仍會如今日一般鮮豔搶眼。

第二回　丫頭文素

杏風酒肆中唯一讓人看得出變化的，便是小丫頭文素的成長。在人們印象當中，她初初只是個三、五歲的小女娃子，頭上綁著兩條沖天小辮兒，辮上紮著大紅絲帶，整日坐在櫃檯旁的大木椅上擺玩小泥人偶，自說自笑，自得其樂，從不惹人注意。有時她也會睜著一雙漆黑的圓眼，望著趙真忙碌的身影和酒肆中進出來去的客人，小口微張，臉上露出童稚的好奇和新鮮。

歲月流轉，十年過去，這時的文素已不是個孩子了。她的身子拔高，腦後紮起兩條秀長的辮子，衣服也從對襟團福夾襖和大花布寬腳褲，轉為側襟比甲和碎花裙子了。很多人都說她長得好看，但大多是因為他們是看著她長大的；任誰見過她童年時的憨態，都絕難想像得到那個胖梨子臉、一頭稀疏黃髮的娃兒，竟能長成這麼個清秀明麗的小姑娘。

文素和趙真的關係，人們都不十分了了，也好似從來沒人深究過。文素不是趙真的女兒，這是公論認定的，因這女娃在年紀上、樣貌上看來都半分不像是趙老闆所生。但她跟著趙真姓趙，別人問她名字時，她便一本正經地答說她姓趙，名文素，並解釋道：「趙子龍的趙，文章的文，素昧平生的素。」有些沒讀過書的江湖人物聽不懂「素昧平生」這成語，又問是哪個素，她就會咧開嘴咯咯笑說：「就是老和尚吃素的素嘛！」

文素的嬌癡害羞是出名的。她長到七、八歲上，便開始在酒肆裡幫手，沽酒端盤、算帳找錢她都來得，只最怕人家說她好看，或誇她伶俐。每當有人讚她，她總用兩手攢著端酒盤子，半遮著臉，兩眼瞇成彎月一般，咬著嘴唇傻笑，露出幾顆白白的小牙齒。若有人想跟她多說兩句話，她便紅著臉，笑著轉身快步跑去，將兩條辮子甩在身後。

有客人見她害羞，故意逗她，說些遠地的奇聞軼事給她聽。這女孩兒最愛聽稀奇古怪的故事，往往一聽便入了迷，呆立在那兒，甚至忘了手中的酒盤，冷不防給砰一聲摔在地上。這時候酒肆裡的客人便會一齊轟笑起來，文素也驚醒過來，急忙俯身揀起盤子，通紅著臉，咬著嘴唇笑自己的呆蠢，一陣風般跑去了。

趙真對這女孩兒的盡心疼愛是人人都看在眼裡的。遠近聽聞趙真釀酒奇技，慕名而來求教的人不知有多少，而她總稱自己的釀酒之術乃因緣巧合而得，只打算傳給有緣之人，文素顯然便是那極少數的有緣人之一。每逢晚秋初冬，趙真照例要關閉酒肆，花上一個月的工夫，專心釀酒。文素總跟在真姊身邊，乖巧地幫她淘米、炊飯、瀝米、切麴、拌缸、壓酒、封甕，就近學會了一切珍奇美酒的釀造祕法。釀酒於她就如割稻曬穀之於農家子弟，不必特意去學，自然而然便已熟習專精了。

常來杏風酒肆的熟客都知道，幾年以後，等文素從小姑娘長成了大姑娘時，她就能夠獨當一面，當起酒肆的老闆娘了。

杏村的日子向來平和清靜，江上船隻往來雖雜沓，每日上岸遊覽或來酒肆小酌的客人卻總不多。唯這年夏天雨水特豐，江水高漲，三峽水流湍急驚險，上行的船隻全得停泊在杏花村渡口，等待江水稍退再上路。數日來陰雨連綿，江水激混洶湧，因將這幾十艘船都困在此地了。杏風酒肆的生意因此大為興隆，每日高朋滿座，從朝至暮，客來不斷，只將趙真和文素兩個忙得緩不過氣來。

這日雨下得大了，許多船客便留在船上，不曾出來，酒肆也清靜了些，只有十來個客人各自坐著飲酒。趙真從櫃檯後望去，眼見大多識得，天雨無事，她便闔上了帳本，提著酒壺去與眾客閒聊攀談。

那坐在最近櫃檯處的是個姓關的胖大茶商，有張大餅般的圓臉，兩撇鬍子。這商人對趙真傾慕已久，每來都要送她幾十斤上好茶葉，並用一種難以說出口的祈求眼神望著她，盼她能可憐可憐這老實商人的真心誠意，答應跟了他去。趙真歡喜這商人的老實誠懇，卻想都不曾想過要應承他。她拒絕人也是不用說出口的，一切都藏在她親厚關懷的微笑之中。關老闆見到她的神情，也就知道自己沒有希望了，但他仍舊每隔一月路經杏村，送上珍品茶葉。趙真不願他白費銀子，總回送幾罈好酒當作酬謝，表示人情兩不相欠。

這時趙真與關老闆閒談了一會兒今年茶葉的收成和來途中的見聞，收下了他這回帶來的武夷山極品碧螺春，轉向酒肆中其他客人笑道：「關老闆今兒可帶來了好東西！這是武夷山的極品碧螺春，入口清芳香甜，乃是提神潤喉的神品。今兒大家有緣在敝酒肆相聚，我便泡給大家嚐嚐新，算關老闆請客！」其他客人聽了都鼓掌說好，紛紛轉身向關老闆作揖道謝。

趙真喚了文素，讓她去煮水泡茶，自己信步來到隔壁桌旁。那桌上獨坐著一個漢子，一身粗布衣衫十分破舊，看上去便是個賣苦力的撐船漢子。趙真記得他來過幾次，愛喝烈酒，因沉默寡言，從未請教過名字，便上前笑道：「這位大哥，今兒這五香燒酒，味兒可夠烈麼？」

撐船漢子抬頭一笑，黑黑的臉上滿是風霜，落拓中帶著一股豪氣。他用濃厚的山東口音答道：「很好，夠烈！」

趙真又向他打量了幾眼，心想：「這人不是尋常人物，我以前可沒留心。」正要開口說話，角落已有人叫了起來：「趙老闆，妳怎不來關照關照我？我想妳可想了好久啦！我情願為妳赴死，為妳掏出心肝來。妳就可憐可憐我罷！」

趙真轉頭望去，見說話的是個大頭矮子，偏愛穿一身耀眼的錦袍，更襯得他頭大身矮，其貌不揚。他身前桌上放了一柄單刀，趙真已知這人名叫華大，是個成名的刀客，刀法不錯，為人卻頗無賴，尤其喝醉了酒之後，往往出口肆無忌憚。她心知這華大並非當真對自己有甚麼情意，不過藉醉放膽說些風話。對付這等人物，趙真自有一套辦法，當下臉上露出似笑非笑的神情，揶揄道：「我說華大哥，你今兒難得清醒，可說出心底話啦。我早等你說出這一句哩！來來，我最愛瞧人掏心挖肺，你這兒桌上現成的刀子，我這就可憐你了，快拿刀掏出心肝來給我瞧瞧罷！」

第三回 點蒼劍客

眾人轟然笑聲中，華大一張臉漲得通紅，正要回口，一旁一個高瘦的白面漢子已站了起來，拍桌喝道：「姓華的，這是甚麼地方，容得你亂吼亂叫？快向趙老闆道歉！」

華大不敢對趙真發作，對這白面漢子可沒了顧忌，當下將一腔羞怒都發洩在這人身上，叫道：「白毳夫你算甚麼東西？誰不曉得你對趙老闆也是日思夜想，只他媽的半句也不敢說出口！你這沒勇氣的懦夫，卻有膽對我開罵？」

那白毳夫是個江湖異人，善使武林中少見的奇門兵器沖天戟。他素來自命清高，聽華大竟對自己粗言相罵，還說破自己對趙真的一番情意，羞惱之下，一張白臉越發蒼白，衝上前便去揪華大的衣領。

趙真雙眉一軒，插腰喝道：「誰敢在我這兒動兵刃，便永遠別再進我的酒肆！」

那華大和白毳夫一個酒醉，一個急怒，卻熟知趙真的規矩，不敢拔刀出戟，就此罷手又心有不甘，更放不下老臉，對望一眼，忽然大吼一聲，各自揮拳踢腳扭打起來。即使動手，這華大和白毳夫也只敢在屋角落裡扭打，連趙真酒肆裡的桌椅都不敢碰翻了一張。

趙真看在眼中，不由得又好氣又好笑，正要開口，忽見人影一閃，一柄連鞘長劍不知從何處冒出，格在兩人中間。華白二人都是一驚，眼見這柄劍來勢奇快，都知道遇見了高手，正打算後躍迴避，卻受那劍的力道衝擊，身不由主地分別向後跌去，直退出五、六步才穩住。兩人臉色大變，一齊抬頭，卻見身前多出了一個灰衣青年，約莫二十五、六歲年紀，眉目英挺，臉上帶著一股逼人的傲氣，冷然道：「要打出去打！沒的掃了人飲酒的興致。」

這青年原本獨自坐在角落的一張桌旁，離華白二人有數丈遠近，不意他身手如此快捷，只一瞬間便來到二人身邊，揮劍制住二人。而他出手勁道之強，拿捏之準，實非一流高手莫辦。

趙真眼見這人劍未出鞘便制住了華白兩人，微微一笑，說道：「好一招『蒼松迎客』！」

那灰衣青年微微一笑，說道：「趙老闆好眼光！」將劍收回腰間，走回自己桌旁坐下。

白華兩人聽趙真叫出那青年的招式，心中都不禁暗驚：「『蒼松迎客』乃是點蒼派的絕招，莫非這青年竟是點蒼弟子？」

這兩人雖自負武功了得，畢竟不敢輕易招惹點蒼門人，華大酒登時醒了，一時不知該如何下台，只好裝作若無其事，坐下繼續喝悶酒。白堯夫也暗惱自己在心上人前大失臉面，狠狠瞪了華大一眼，卻不敢再向他叫陣，也背對華大和那灰衣青年坐下了。

酒肆中為趙真爭風吃醋的事情所在多有，趙真也不以為意，正想上前向那灰衣青年行禮道謝，卻見文素已泡好了茶，一手提著一隻茶壺，一手拎著一只放滿白瓷茶杯的竹籃子，小心翼翼地從廚房走出來。

趙真向她招手道：「文素，快來替這位公子斟茶。」

文素應道：「欸。」快步來到灰衣青年的桌旁，放下一只小小白瓷茶杯，持茶壺在杯中倒了七分滿的淡青色新煎碧螺春，微笑道：「公子，請喝茶。」

那青年望著文素天真純淨的笑靨，不禁露出微笑，拿起茶杯喝了一口，讚道：「好茶！」又向趙真抱拳道：「在下姓張，單名一個潔字。」

趙真微笑道：「原來是點蒼許觀主的得意弟子，人稱『點蒼小劍客』的張少俠。果然好俊身手！」

張潔道：「過獎。久聞趙老闆的酒香醇濃冽，人間少有，當真是名不虛傳。」

文素眼睛一亮，拍手笑道：「你也覺得這酒好喝？咱店裡的酒都是真姊和我親手釀的哩。你若喜歡這川西白酒，我再替你熱一壺來！」也不等張潔答應，便轉身跑進廚房去了。

趙真搖頭笑道：「這孩子，就是性急。張少俠請莫介意。」張潔微笑著搖了搖頭。

趙真便提起文素留下的茶壺茶杯，一桌桌倒茶敬客去了。

東首一桌坐的是兩個身穿杏色長袍的青年，乃是名門峨嵋派俗家弟子，風流自喜，嗜酒如命，這番特別結伴來這杏花村一解酒饞，乃冒雨上岸來飲酒。兩人謝了趙真的茶，各自吟詩一句，盛讚趙真的好客。角落一桌坐了三個形貌凶惡、腰負大刀的漢子，趙真知道他們是往來川鄂一帶的大盜，號稱西山三虎。這三人神色陰沉，說話不多，但當趙真來奉茶時，卻一齊起身向她抱拳道謝，神態恭敬。其中原因只有趙真和那三人心裡清楚：五年前這三人受仇家追殺，幸得趙真出頭迴護，才讓他們保住性命，全身而退。這等盜匪雖悍狠無忌，卻不敢忘記救命之恩，因此對趙真異常客氣禮重。

再往旁靠窗的一桌，坐了五個皇宮侍衛模樣的男子，更有兩個宦官夾雜其中，看來是錦衣衛或東廠派出來公幹的。這些人也是見多識廣的老江湖，對趙真這等異人自是不敢缺了禮數，兩個宦官甚至尖聲尖氣地稱讚趙真保養得方，駐顏有術。

最後一桌坐了三人，卻是龍幫中的人物，為首的是個方臉漢子，乃是一位香主，叫作史九哥，常常行船經過此地，對趙真一見鍾情，曾多次私下向她示意，卻都被她直言拒絕了。這史九哥並不放棄，仍舊癡心糾纏，只因忌憚趙真的冷肅自持，才不敢褻瀆造次。這時他眼見白華二人差點為趙真打起來，心中有些酸溜溜的不是味兒，但在趙真帶著微笑的問候之下，很快便忘卻了那一點兒的不愉快，與她大聲談笑起來。

那邊文素在廚房興沖沖地為張潔新熱了一壺白酒，從後堂轉出時，卻見堂中又多出了六個人，正各自除下身上油布，收起油傘，圍著一桌坐下。當中是個留著長鬚的中年人，相貌端正，頗有官相，衣著講究。他身邊坐著個藍衣少年，白淨臉皮，臉上滿是驕貴之氣，眉目和那中年人頗為神似，看來多半便是他的兒子。另外四個漢子勁裝結束，形貌剽悍，一望而知是會家子，當是這對父子身邊的隨從或弟子。奇的是桌旁地上另坐了一人，衣著襤褸，身上五花大綁，更有幾處包紮猶自滲出血來，雙眼被布蒙著，似是被這些人擒住的囚犯。

第四回　天門陸家

文素見那囚犯形狀淒慘，不忍多看，低下頭，快步從他們桌旁走過。不料那藍衣少年已留意到她，待她經過自己身邊時，忽然伸手抓住了她的手臂，笑道：「小姑娘為啥急急忙忙，莫非要送酒給情郎？」

文素臉上登時漲得通紅，羞窘中帶著幾分驚惱，並不答話，手一掙，未能掙脫，卻不小心將燒酒壺湊上了少年的手背。那酒壺燒得正燙，少年驚叫一聲，趕忙縮回手來，但見手背已被燙出一片水泡。文素並非有意燙他，也是一聲驚呼，快步跑開了。

少年連連甩手，破口罵道：「死丫頭！好大膽子，竟敢用酒燙本少爺！」

趙真早見到這些人進來坐下，但見那少年對文素無禮，心中甚覺不快，仍舊走上前，遞給那少年一條溼手巾，微笑道：「快拿這溼手巾敷著傷處。鄉鄙小孩子不懂事兒，手腳粗魯，這位少爺請多多包涵，莫跟小孩子一般見識。各位客倌要吃點甚麼酒？」

那少年仍舊惱怒，罵不停口。他父親伸手止住了他，抬頭望向趙真，臉上雖帶著笑意，神色間卻透露出一抹輕侮之意，說道：「趙老闆和杏風酒肆的大名，在下可是久仰了。傳聞此地有他處難覓的『桃源酒』，在下很想見識見識。」

趙真微微一笑，說道：「這位爺說笑了。世上哪裡真有桃源酒？最多是依照宋人朱翼《北山酒經》武陵桃源酒法中的方子來釀造的，味兒是不錯，卻畢竟不是仙品。」

中年人似乎有些失望，轉向同桌眾人道：「想是傳聞有誤。我只道此地甚麼酒都有得，想來世外桃源、仙域美酒，畢竟是世間所無。」其餘眾人都道：「師父所言甚是。想來世上本多名過其實之事。」

中年人捋鬚搖頭，說道：「這回我帶大家出來走走，原想讓大家增廣見聞，開開眼界。然而叫人失望之事所在多有，也算是給大家一個教訓罷。」眾弟子又都點頭稱是。

趙真聽他說話老氣橫秋，針鋒相對，心頭微微有氣，口裡卻只淡淡地笑道：「敝酒肆讓閣下失望了，可真令人汗顏。不知各位究竟想喝點甚麼酒？」

另一邊華大早看不過去這幫人趾高氣昂，忽然拍桌大聲道：「趙老闆對你們如此客氣，你們想喝甚麼酒就快快說了，沒的囉囉唆唆地教人討厭！」

白堯夫也陰陽怪氣地自言自語道：「也不知是甚麼來頭，大剌剌的擺老爺架子，我瞧就不是好東西！」這兩人剛剛還拳腳相毆，現在卻同仇敵愾，一齊幫趙真說起話來。

那藍衣少年聽這兩人一個直言相罵，一個冷言譏嘲，不禁心頭有氣，站起身大聲道：「你們說話小心些！我爹爹名震天下，趙老闆號稱交遊廣闊，難道當真有眼不識泰山？」

說著望向趙真，滿臉挑釁之色。

趙真望著這對父子，心中已然有數，臉上卻露出苦思不得其解的神色，皺眉說道：「看兩位相貌堂堂，衣著講究，莫非來自京城官宦之家？但這位爺印堂不夠寬廣，看來並非當官之相。這幾位大哥看來都會些拳腳，莫非各位來自武林世家？但這位小爺面容清秀，身形瘦弱，並非練武的材料。若說是幫派人物，青幫、龍幫、丐幫的諸位英雄我大都熟識，各位想來也不是幫派中人。」雙手一攤，環望酒肆中其他客人，笑道：「我可真真猜不到了，大家幫我想想罷！」

藍衣少年再也聽不下去，忍著怒氣，大聲說道：「好教妳知道，我爹便是威名素著的陸廣運陸二俠！妳這無知婦人號稱交遊廣闊，竟當面不識，可不讓人笑話！爹，我早說這地方偏僻鄙陋，要您別來，可不被我說中了？」

陸廣運卻斥道：「收聲！小孩子懂得甚麼，莫再胡言亂語。你爹爹有幾分名聲，全要毀在你手上！你爹爹仗的難道是名聲麼？我們陸家仗的是行得直，立得正，凡事以道義為先，才讓江湖中人看得起，贏得同道的尊重。你若以名聲自傲自誇，那就全然錯了！」

藍衣少年被他爹教訓了一頓，雖滿心不情願，也只能低頭應道：「是，爹。」

趙真望著他父子二人，眼神中露出奇異的光彩，微笑道：「原來是天門陸二爺和陸少爺。兩位大駕光臨，敝酒肆蓬蓽生輝。不知陸大爺也與兩位同行麼？」

陸廣運微笑道：「有勞趙老闆相問。家兄近年閉關練功，極少出門遠遊。再說，家兄在兩湖何等聲望，武林中但有任何糾紛爭論，便得請他出面調解公正，他便想偷閒離開陸家莊幾日，也不可得呢。」說著哈哈大笑。

趙真微笑點頭，說道：「是麼？陸二爺，我這兒桃源酒是沒有的，仿造的『君子酒』卻有一壺，色醇而味淡的『金玉酒』也有幾甕，只不知閣下願不願意賞光嚐嚐？」

那藍衣少年未曾聽明白她話中譏刺之意，問道：「爹，甚麼是金玉酒？我倒想嚐嚐。」

陸運鴻横了兒子一眼，微微皺眉，望向趙真，說道：「不必了。就要貴店的招牌『杏花酒』罷。」

趙真嘿了一聲，說道：「即刻送來。各位稍坐。」

趙真和陸廣運等人的對答，酒肆中其他客人自都聽見了，知道來人是大名鼎鼎的天門陸二俠，登時交頭接耳起來。這陸家兄弟果然如陸廣運所說，在這十多年中闖出了好大的名聲，而他兄長陸鴻運更是威名赫赫，凡在江湖上混過幾年的，都曾聽聞天門陸大俠為人方正好義，交遊滿天下，不但在兩湖一帶廣受武人尊敬，在兩湖以外也聲名遠播。這陸廣運的武功名聲雖不如兄長，也算得上是一號人物。

酒肆中的客人紛紛回頭向陸廣運張望打量，有的便上前攀談結交，問安敘禮，一時鬧哄哄地，「久仰大名」「有幸拜見」之聲此起彼落，連華大和白堯夫都不願得罪了這陸二爺，低聲下氣地過去跟陸廣運賠罪見禮。

唯一坐著不動的，只有點蒼張潔和那撐船漢子。

第五回　無影神盜

文素心細如髮，從趙真的言語中，聽出她對這群人頗有敵意，替張潔送上了燒酒之後，便快步回到廚下，低聲問趙真道：「真姊，那些可是壞人？」

趙真手裡忙著燙酒，她望了文素一眼，淡淡地道：「不過是些自命不凡、愛找麻煩的傢伙罷了。文素，妳忙了好幾日，今兒店裡事情不多，妳不如早些休息罷。」

文素搖頭道：「我不累。」

趙真伸手摸摸她的頭，笑道：「聽真姊的話，去房裡歇息一會兒。雨快停了，客人不會留太久的。」

文素看出真姊的微笑背後帶著幾分隱憂，便乖巧地點頭答應了。但她仍不放心，又悄悄坐在廚房門邊的凳子上，偷偷向堂上張望。

趙真回到堂上，替陸廣運一桌送上酒去。此時外面雨聲漸緩，只剩稀稀落落的滴答。點蒼小劍客張潔喝完了酒，站起身來，結帳出門。

藍衣少年陸少鴻忽然起身，搶到門口，張開雙臂，盯著張潔道：「這位朋友，你自我父子進店後，一聲不響，可是作賊心虛，有所隱瞞？大家相好的，何不互道姓名，親近親近？」

張潔抬頭瞥了他一眼，嘴露冷笑，說道：「便是你家大爺，也不配攔我的路！」左手伸出，在陸少鴻胸口一按，陸少鴻登時向後摔去。他慌忙伸手扶住一旁的桌子，卻無法阻住後跌之勢，又退出七、八步，才一跤坐倒在一張椅上。那椅子卻也支持不住他後退的勁道翻倒，陸少鴻隨之仰天倒下，乒乓聲響，摔得極為狼狽。

陸廣運眼見兒子吃了個大虧，起身搶上前去，來到張潔身前，伸手攔人。張潔側過身來，右手握住連鞘長劍，護在身前，冷然凝望著陸廣運。陸廣運見他只擺出這一勢，便攻守兼備，毫無破綻，顯然身負上乘武功，不敢貿然出手，當下放緩臉色，拱手道：「請問這位少俠如何稱呼？」

張潔冷笑一聲，更不回答，轉身大步出門而去，只將陸廣運僵在當地，一時不知該如何下台。

趙真在櫃檯後看到這一幕，忍不住噗哧一笑，說道：「陸二爺、陸少爺，這回可是您有眼不識高人了。剛才這位便是點蒼小劍客張潔，您可聽說過罷？」

陸廣運哈哈一笑，雙手一拍，神色自若，說道：「點蒼高弟，果然好身手！我這回可真是失了禮數。少鴻，今日也算給你一個教訓。想當年我兄弟和點蒼許飛子許觀主把酒論劍，何等交情，他座下弟子便對我等有些許無禮，我又怎能跟晚輩計較呢？」

華大聽他話說得漂亮，心中不免有些半信半疑，開口問道：「陸少爺的功夫不及許觀主的弟子，不知陸二爺的功夫與許觀主相比，又是如何？」

陸廣運搖頭道：「在下怎能和青天三俠之一的許觀主相比？自是遠遠不及的了。」

華大又問：「那麼令兄陸大俠呢？」

陸廣運正色道：「點蒼一派身居武林六大派之一，武功高妙精深，向來為武林中人敬重推崇。我兄弟雖苦練多年，闖出了一點兒小小的名聲，但要和點蒼這等大派相較，卻不免難望其項背了。以家兄此時的武學修為，或許能與許觀主一較高下；但要論起劍術的專精深厚，家兄卻多半比不過了。」

陸少鴻自己出了個大醜，心中慚怒交集，又聽父親自謙自抑，再也忍不下這口氣，當即大聲道：「你們知道些甚麼？我爹爹今日可是為中原武林立下了無匹大功，甚麼點蒼大劍客小劍客，算得甚麼東西？你們可聽聞過『無影神盜』的名頭？」

這話一出，果然引起酒肆中眾人的興趣，華大道：「怎麼沒聽過？那是十多年前名動武林的第一盜賊，出沒無常，如影如魅，聽說他膽子極大，甚至潛上華山偷走了華山祕笈『風流掌』，還上武當竊去了鎮派之寶『玄武劍』。這賊子連武林中這等名門大派都敢去捋虎鬚，實是膽大包天。」

茶商關老闆雖不是武林中人，卻也聽過這大盜的名頭，接口道：「可不是？我聽說他還曾闖入皇宮，偷走一十八件大內珍品，其中有一套八幅巨屏，重八百八十斤，整塊以和闐白玉雕成的漢武龍紋屏風，竟也被他弄出宮去，當真是不可思議！聽說為了這十八件珍品，大內侍衛不知落了幾顆腦袋哩。」

眾人聽了，都不自禁往那幾名錦衣衛和宦官望去，但見那群人臉色變得極為難看，卻都沒有開口辯白。眾人只消看看他們的神情，便知關老闆所說沒錯，當時獲罪遭戮的侍衛顯然不在少數。

那龍幫香主史九哥是幫派中人，長年在江湖上行走，自也是消息靈通，說道：「這無影神盜的名頭，可不是白白得到的，我聽聞連青幫的糧倉都曾遭過他的毒手。那年青幫總壇接了筆大生意，一百萬石的白米從兩湖運來，在武漢匯集，正準備搬上糧船東行，豈知那批白米竟在一夜之間從糧倉裡不翼而飛！青幫趙老幫主得知後大為震怒，要追究下面管事人的責任。待發現下手的竟是無影神盜，趙老幫主也不得不服氣，說道：『無影神盜下手偷了我青幫的物事，可是看得起我們。這人有本領將一百萬石的白米在一夜間弄走，我服了他！』便也不責罰手下兄弟，只讓大夥兒想法補回損失。」

白堯夫搖頭道：「他們青幫財大勢大，能補回損失，那可是好了。我有幾個兄弟以前是幹鏢局的，他們一聽到『無影神盜』四個字，就臉色發白，全身發抖，生怕保的鏢被他看中了。當年有七、八家鏢局便是栽在無影神盜的手中，鏢物全失，便傾家蕩產也賠不起，只好關門大吉，鏢頭們盡皆逃之夭夭。」

眾人聽到此處，都紛紛議論起來，有的驚異，有的噓嘆，有的咒罵。

陸少鴻臉上露出得意之色，揮手說道：「很好，很好！在座各位顯然都不是孤陋寡聞之輩。我就告訴你們知道罷！各位眼前這人，便是無影神盜！」說著伸手向身邊那囚犯一指。

此言一出，眾人都是一驚，眼光霎時全集中在那人身上。卻見他身形壯碩，衣衫襤褸，斜身靠在椅上，手腳被粗麻繩綁得牢實，眼睛也用黑布蒙住了，咬牙切齒，神情激憤，嘴角還帶著血跡，顯然被擒住後著實吃了不少苦頭。

第六回 待客之道

眾人聽說這人便是聞名大江南北的飛賊「無影神盜」，都不禁嘖嘖稱奇，紛紛詢問陸廣運是如何捉到這人的。那幾名錦衣衛和宦官更是如獲至寶，一齊圍上前來，有意無意地坐在那人身周，顯然想防止他逃跑。

陸廣運笑道：「這回能抓住這賊子，也算是我陸某人的運氣。武林中人想抓這飛賊的，沒有上百，也有七八十。碰巧這人在川西作案，我事先得著了風聲，去石城王富人家裡埋伏，布下天羅地網，才將這賊子給逮住了。」又轉向眾宦官和錦衣衛打躬說道：「陸某正準備將這賊子押去京城，送解刑部正法。今日有幸在此遇上兩位公公和諸位官爺，各位相助擒捕大盜的功勞，自是不在話下了。」

眾宦官和錦衣衛聽了，臉色頓時和緩下來，露出笑容，一名宦官拱手道：「陸氏雙俠高風義膽，我等久仰多時。押解這大盜赴京的重任，就有勞陸二俠了。」兩邊客套了幾句，顯然都是老江湖，懂得給人方便，自己方便的道理。

史九哥嘆道：「陸二俠拿下了這賊子，可著實不易。這賊子犯下的案子多如牛毛，江湖上若聽聞他終於落網，能夠索還失物，定要對陸二俠感激涕零了。」其餘眾人都齊聲附和。

趙真一直在旁聽著，這時忽然走上前來，說道：「陸二爺，你帶這位仁兄來此，也算是我酒肆的客人。這麼綁著人家，可不是待客之道罷？」

陸廣運抬頭望向她，說道：「不知趙老闆意欲何為？」

趙真道：「我也不想做甚麼。如此一位江湖奇人，可非輕易得見。我倒想請他喝一杯酒。」

陸廣運神色中顯出不敢苟同，卻沒有開口攔阻。

趙真逕自倒了一杯烈酒，來到那無影神盜的身旁，替他解開了眼上蒙著的布，說道：「這位大哥，我請你喝杯酒！」

那人眼睛陡然見到光亮，呆了一下，瞇起眼往趙真望去，眼中滿是疑惑。

眾人看清了他的面目，卻見他約莫四十來歲，臉皮凹凹凸凸，面目奇醜，眼神中帶著一股剽悍之氣。若說他是甚麼盜賊土匪，那是誰都會相信的。

趙真將一杯酒湊到無影神盜的嘴前，無影神盜微一遲疑，便大口喝了下去。趙真微微一笑，說道：「爽快！」

那人盯著她看，嘶啞著聲音問道：「娘子何人？」

趙真道：「我是這間酒肆的老闆娘，敝姓趙。請問閣下高姓大名？」

無影神盜嘿了一聲，說道：「我被人拿住，說出姓名豈不丟了祖宗臉面？」

趙真微笑道：「大丈夫能屈能伸，受這一點兒挫折算得甚麼？你若肯說出自己姓名，我再請你喝一杯酒，還請你吃飯吃肉。」

那人顯然餓得狠了，聽她以食物相誘，不禁心動，沉吟一陣，才傲然道：「我姓尹，單名一個潼字。」

趙真正色道：「尹大哥，我不食言，再請你喝一杯酒。」說著又端過一杯酒，餵他喝下，回頭看向在廚房門口探頭探腦的文素道：「文素，快替這位大哥拿一碗紅燒肉飯來。」文素應了一聲，跑進廚房去了。

酒肆中眾人都望著趙真，暗自驚訝。大家雖素知她豪爽好客，這回眼見這囚犯情狀悲慘，想讓他稍稍開懷一些，原也是趙真會做的事。但此人乃是個惡名昭彰的大盜，她公然請他喝酒吃飯，卻也未免太不給陸廣運面子了。

陸廣運在旁瞧著，臉色果然越來越難看，卻始終忍著沒有開口。陸少鴻更是又驚又怒，若非他父親連使眼色阻止，怕就要跳起來指著趙真破口大罵了。

趙真對陸家眾人視如不見，拉了張椅子在尹潼身旁坐下，說道：「剛才咱們大家都聽見了，你往年幹下了好幾宗大案，手法神乎奇技，令人瞠目結舌。我很好奇，一心想向閣下請教請教。先說青幫的米罷。那些米，你究竟是如何運走的？」

尹潼嘿了一聲，說道：「往年小事，何足掛齒？」

趙真笑道：「你不願說出看家本領，掀了自己的底細，我自然明白。但咱們這些人恰好遇著天雨，聚集在此，有緣遇上你，大家一齊向陸二爺求個情，請他這一路上少讓你吃點兒苦頭，憑著這點情分，請你跟大夥兒說說當年的故事，也不算虧了罷？」

尹潼遲疑半晌，欲言又止。這時文素已端來一碗白飯和燒肉，香味撲鼻。趙真接過了，向文素道：「多謝妳啦。妳這便回房去睡了，聽話，嗯？」

文素雖很想瞧瞧熱鬧，但聽真姊口氣嚴肅，不敢違拗，便乖乖轉身回房去了。

尹潼眼睛望著那碗燒肉白飯，再也按捺不住，吞了口口水，說道：「好罷！看在老闆娘這份熱心上，我便跟大家說說往年的事情。老子作案太多，數也數不清，妳要我從哪裡說起？」

趙真道：「就從青幫的米說起罷。那時船停在哪個口岸？你怎有辦法將整倉的米給弄出來？可靠了人幫手沒有？」

尹潼又吞了口唾沫，咳嗽一聲，便滔滔說了起來：「想當年老子在武漢開揚渡口左近，看上了青幫的運米，便詳細計畫了來。妳想那青幫高手如雲，耳目眾多，要偷走那一萬石的米，豈是容易的把戲？老子在渡口踏盤子足足踏了三日三夜，才找著了破綻，覷著了空隙。」說到此處，尹潼停下口來，舔了舔口唇。

趙真笑道：「尹大哥餓了，不如吃飽了再說下去。」當下取出小刀，替他割斷了手上的束縛，將飯碗遞將過去。尹潼果然餓得狠了，雙手一得便，立即接過碗大口吃將起來。陸家眾人見趙真替他解縛，登時全神戒備，紛紛拔出刀劍站在尹潼四周，防止他逃脫。

陸廣運皺眉道：「趙老闆，妳想一盡地主之誼，我也不來怪妳。但我等千辛萬苦才捕到這廝，若讓他逃脫了，干係可著實不小。妳擔待得起麼？」

趙真漫不在乎地笑道：「他腳上繩索未解，加上這幾位大哥在旁伺候，怎麼走得了人？您且別擔憂，咱們聽故事要緊。」

第七回 神盜自述

這時酒肆中眾人都被尹潼的故事所吸引，紛紛將椅子搬近了，圍著他坐成一圈，凝神聆聽。華大見陸廣運神色不快，有意阻止，便開口道：「陸二俠，天雨無事，聽聽故事又怎地了？你老別打岔，便讓他說罷。」其餘眾人也出聲附和。陸廣運見眾人都這麼說，便不再言語。

尹潼轉眼已將一碗飯全吞下肚，趙真又遞給他一杯酒。他仰頭喝乾了，頰上出現一抹紅意，抹抹嘴巴，眼見眾人目光全聚集在自己身上，咧嘴一笑，說道：「老子吃飽喝足，不滿足你等的耳福，未免說不過去。我這便往下說了：話說老子在開揚渡口踩盤子，終於找著了破綻。在那糧倉的角落裡，有這麼一個狗洞。我將那洞的口子拓寬了，通到地底去，直如一口井那般深。我在地底下更掘了一個大坑，等到夜深人靜的時候，我便獨自一人從狗洞鑽進糧倉，將一包包的米往地底下的大坑搬去。等米將大坑填滿了，我便也躲入地道，將上面用土蓋起。到得第二日，青幫的人來看，那一倉庫的米自是不翼而飛了。卻不知米還在庫裡，只不過是轉到了地底下！」

眾人聽了，都驚嘆不已。史九哥的一個手下問道：「那麼之後，你又是如何將那批米運出去的？」

尹潼笑道：「這還不容易？那河東糧倉在青幫租用過後，我便去將它租下了，說是要轉運別的貨品。之後我將米慢慢從坑裡吊出來，重新包裝過後，便大搖大擺送上船去運走，豈不是瞞天過海，毫無破綻？」

龍幫香主史九哥聽到此處，忽然插口道：「慢來，慢來，你說你是從河東糧倉偷走了米？」尹潼道：「是啊。」

趙真回頭向史九哥使個眼色，史九哥不知她有何打算，便沒有再問下去，臉上滿是懷疑之色。

趙真鼓掌笑道：「不聽尹大哥親口說出，大家還真猜不出其中關鍵，端的是神妙非常！我可好奇得緊，還想請問那大內十八件珍品，究竟是哪十八件？都藏在皇宮裡的甚麼地方？你又是如何偷盜出來的？請尹大哥跟大家說說。」

尹潼說得高興，又喝了一口酒，笑道：「那十八件珍品，嘿，不就是白玉屏風，雞血石雕觀音，那個青玉對鐲，水晶明月盤，珊瑚寶樹，種種古董珍奇，哎，說也說之不盡！這些寶貝們啊，都是藏在皇宮大內裡的藏寶庫中。那藏寶庫共有十七道鐵門，八道關卡，九道密鎖，布滿陷阱，步步危機。要通過那祕道，難似過五關、斬六將，非有三頭六臂的本領不可。話說老子下手的那天晚上，夜黑風高，老子獨自一人闖入皇宮，從東門潛入，有如靈貓般落地無聲，有如迅鼠般快捷不見影子，一路來到大內藏寶庫的門口。就在此時，火光一閃，一群侍衛從暗處打著火把奔了出來，正對著老子衝來。多虧我眼明手快，反應機警，立即閃到暗處，在假山後一躲，避開了那群狗侍衛的眼線。」那幾名錦衣衛聽到「狗侍衛」三字，臉色都是一沉。

趙真不等錦衣衛們發作，又問道：「那藏寶庫的大門，卻是長得甚麼樣子？」

尹潼道：「那藏寶庫的門啊，足有三丈高，整副是真金打造的，上面鑲滿了各種珍珠寶石和夜明珠，即使在夜裡也閃閃發光，如同白晝。我等那批狗侍衛過去了，便伸手去推門，卻推之不動，原來是鎖上了。我見門上好大一把銅鎖，這可難不倒我。我從懷裡掏出一柄傳自偷盜世家三家村的百靈鑰，往銅鎖裡一掏，三兩下就將鎖開了。我將那鎖揣入懷裡，輕輕推開了門，踏入門中。門後便是一條好長的通道，我先前已說過了，通道上布滿了機關陷阱。我費盡千辛萬苦，終於來到祕道的盡頭，進入皇宮大內的藏寶庫中。但見那藏寶庫裡珍寶堆積如山，看得我眼睛都花了，咱們有明一朝所有的寶貝可全收集在這兒啦。我知道機不可失，立即便動手取了十八件最珍貴的寶貝，負在背上，並在牆上寫下八個大字：『無影神盜到此一遊』。嘿，這幾個字若不寫，他們便想破了腦袋，也不知道下手的究竟是何人！」

尹潼說到此處，哈哈大笑，放眼四望，但見眾人專注傾聽，鴉雀無聲，說興更濃，大口吞了一杯酒，續道：「卻說我踏出祕道，來到那扇金門之外，便見外面火光閃動，大內侍衛已然發現銅鎖被撬開，有人闖入了藏寶庫，派齊大隊人馬守在寶庫之外，各持刀劍，密密麻麻，團團圍在門口，便等老子出來。嘿嘿，但這些狗侍衛怎是老子的對手？但見我身上背負著十八件珍品，呼嘯一聲，一躍而出，雙手齊出，一使少林掌法，一使武當劍法，登時將一眾狗侍衛驅散了。當先幾個受不得我的掌風，當場嘔血而死。混亂中只聽那侍衛頭子放聲大叫：『來人武功神妙無比，大夥兒小心！』嘿，這人畢竟是有眼光的，知道老子武功神妙無比。便在我左右開弓、殺得爽快之時，但聽一聲大喊：『皇上駕到！』卻是皇帝老子聽說宮裡來了個武功高強的飛賊，親自過來瞧瞧了。我心想：『正好讓皇帝見識見識老子的本領！』便施展輕功向著皇帝的車駕飛去。眾侍衛怎敢讓我驚擾了皇上，大聲呼叫，搶上攔阻。豈知我那只是虛晃一招，趁大家搶著保護皇上的當兒，我倏然翻身出牆，轉眼便不見了蹤影。哈哈，那些酒囊飯袋的狗侍衛們啊，這下可全慘了，不但追不上我，便是追上了也打我不過、抓我不著。後來聽聞那皇帝老兒被我嚇得臉色發白，直病了好幾天仍無法起身。他這一病一惱，那群侍衛可倒了大楣，一個個打入地牢，抄家問斬，人頭落地……」

一個錦衣衛按捺不住怒氣，衝上前重重踢了他一腳，喝斥道：「臭賊子，說話竟敢這等放肆！」

尹潼側眼望向一眾錦衣衛和宦官，冷笑道：「你這幾位衣衫穿得倒光鮮齊整，想必是甚麼大戶人家的護院走狗。嘿，老子皇宮都闖過，來去自如，只怕還不屑去你東家光顧哩。」

眾錦衣衛微微一呆，都沒想到他竟認不出眾人身上皇家侍衛的服色。但聽尹潼自顧自說了下去：「老子不但在皇宮中如入無人之境，便武當、少林、峨嵋這等武林聖地，對老子也是毫無困難。想那少林派的七十二項絕藝，老子哪一項沒偷學到了？武當的內功心法、劍術要旨，老子全看過了，也不過如此而已，老子還不屑花工夫去練它呢。」

第八回 真假大盜

尹潼說到此處，又拿起酒來喝。眾人面面相覷，心中愈發疑惑，一個錦衣衛忍不住叫了起來：「這人滿口胡言亂語，甚麼皇宮大內藏寶庫，甚麼金子做的大門，皇帝親自出馬，這是打哪兒來的屁話？」

白堯夫搖頭道：「這人若真能在少林武當來去自如，偷得這許多武功祕譜，又怎會被陸家眾人手到擒來？」

史九哥也道：「可不是？我聽說本幫那批米，根本是未到武漢便已失竊，他怎說是從開揚渡口的河東倉庫偷走？」一名宦官搖頭道：「這人連十八件珍品是甚麼都說不完全，自稱在皇宮闖蕩，怎地連我等的錦衣衛服色都認不出來？」

尹潼聽眾人指出自己話中的疏漏不實之處，顯然對自己起了疑心，臉上一陣青一陣白，緊閉著嘴，眾目睽睽之下，忽然大聲道：「他媽的，我不是無影神盜！」

此言一出，酒肆中登時大嘩。陸家眾人口口聲聲說他是無影神盜，他也直認不諱，大家早已信之不疑，豈知他此時卻又反口不認？

趙真側頭望著他，忍住笑意，說道：「你若不是無影神盜，陸二爺怎地又說你是，你自己也不辯白？」

尹潼一張醜臉漲得通紅，囁嚅道：「我……我在做案時被他逮到了，既然被人捉住，這條命就是豁出去啦。既然性命不保，我便想，能死得光榮些，也是好的。他說我是無影神盜，我也就認了，他立了大功，我也死得轟轟烈烈，那有甚麼不好？」

眾人聽了，都不知是該笑還是該氣，這人想來不過是個小毛賊兒，卻被誤認為當年名動一時的無影神盜，自己竟也盼能沾上神盜的光，臨死還招搖撞騙，過過神盜的癮，唬了眾人一通。

陸廣運臉色難看已極，正要發話，忽聽門外一人哈哈大笑，說道：「有趣，有趣！精采，精采！」

卻見一個面目方正的中年人大步走進，眾人一齊回頭望去，都不禁驚噫出聲。這人的面目與陸廣運有些相似，只是年長一些，鬍子花白，約莫五十來歲。眾人正疑惑間，卻聽陸廣運喜道：「大哥，您到了！」

那人肅然向酒肆中眾人環望，拱手說道：「在下天門陸鴻運。在座各位請了！」

眾人見這名震兩湖的陸鴻運竟然親自到來，都不禁極為驚訝，暗想：「這人久不涉江湖，怎會出現在此地？他兄弟剛剛說他長年閉關，又說他在兩湖忙得無法分身，原來全是詎語！他兄弟押解這個假的無影神盜來此，想必他清楚內情，自己卻躲到此時才現身，不知究竟有何意圖？」

華大最先忍耐不住，叫道：「陸大俠，您老想必老早便候在門外了，卻為何串通了令兄弟，來跟大夥兒開這玩笑？」

陸鴻運哈哈一笑，說道：「老夫這回特地讓舍弟來此，先與眾位打個照面，只為成就一件大事。暫時瞞住了各位，好生過意不去，還請諸位恕罪則個。」說著向眾人團團一揖。

一個宦官甚感不耐，皺眉問道：「成就甚麼大事？陸大俠這回可將咱們全戲弄了一番，這可不是玩笑的事啊。」

陸鴻運神色肅然，說道：「自然不是玩笑的事。劉公公，老夫早知您老會來此地，因此特意安排了這齣戲，好讓您老親眼瞧見我陸某擒拿賊人的手段。」

劉宦官嗯了一聲，說道：「原來一路上引導我等來此渡口的，便是閣下。不知閣下要擒拿甚麼賊人？」

陸鴻運向屋中眾人掃視，冷然道：「真正的無影神盜，就在這間酒肆之中！」

這話一出，眾人無不暗自驚悚，互相望望，心想今日遇上的事情當真稀奇，這威名素著的陸鴻運竟然花下如許心機，做出這許多布置，想來定有重大圖謀。難道確如他所說，真正的無影神盜果然便在這小小酒肆之中？

一時之間，酒肆中一片寂靜，誰也沒有出聲。

陸鴻運大步走到堂中，一揮手，屋外登時湧入三十多名陸家子弟，各自拔出兵刃，守住前後門戶，凝神戒備。陸鴻運負手向屋中各人打量，眾人被他眼光觸及，身上都不禁一震。這天門陸大俠氣度儼然，威勢逼人，果然有稱雄一方的大俠氣派，比他的兄弟陸廣運要高出十倍不止。眾人心中都想：「陸鴻運這幾年闖出好大的名聲，果然不是浪得虛名！」

一片沉寂之中，趙真當先開口，說道：「陸大爺，您大駕光臨敝酒肆，又安排了這麼一齣精采好戲，讓大夥兒大開眼界，我若不請您喝一杯，可真過意不去了。您想喝甚麼酒，儘管吩咐便是。」

陸鴻運嘿了一聲，說道：「多謝趙老闆好意。就來一壺桃源酒罷。」

趙真望著陸鴻運，神色轉為冷肅，說道：「我這兒沒有桃源酒。陸大爺，您明明知道我這杏風酒肆素來平靜無爭，今日您老特意帶了大批人馬來此抓個盜匪，可還將我趙真放在眼中了麼？」

陸鴻運望向她，說道：「老夫並非有意得罪趙老闆。只是今日之事太過重大，若不借趙老闆的地方，只怕抓不出正主兒來，還請趙老闆原宥。」

趙真哼了一聲，向陸鴻運凝視一陣，才道：「好！陸大爺請稍坐，我這便去取酒。」說著轉身走向廚房。

一名弟子搶上前來，喝道：「未得我師父准許，誰也不可離開！」

趙真雙眉一揚，冷冷地道：「怎麼，你師父要借我的地方抓賊，我好意請你們這夥正氣凜然的大俠客們喝酒，你倒要攔我的路？」

那弟子轉頭向師父望去，陸鴻運淡淡地道：「趙老闆是此間主人，取酒待客，自是很好。趙老闆，妳屋中還有甚麼人，請他們一併出來，我好放心讓妳去取酒。」

趙真臉色微變，說道：「我這兒還有甚麼別人？」

陸少鴻插口道：「剛才那個端酒的小姑娘呢？」

趙真向陸少鴻瞥了一眼，冷笑道：「怎麼，一個十來歲的小姑娘，也可能是無影神盜麼？」陸少鴻臉上一紅，說道：「我大伯說了，一個人都不能放過！」

趙真道：「我小妹子已經睡了。你若不信，跟我一起進來瞧瞧便是。你要在房裡看守著我家小姑娘，寸步不離，那也可以。」

陸少鴻遲疑未答，趙真冷笑道：「怎麼，陸少爺可不會不敢跟我進來？看守一個小姑娘，該難不倒你陸家大少爺？」

陸少鴻臉上又是一紅，但見大伯向自己點了點頭，便跟著趙真走入廚房。

第九回 孤身逃亡

此時天色已黑，趙真道：「待我點起燭火。」說著當先走入。

陸少鴻站在門口，但見趙真的身影沒入黑暗，心中微覺不安，說道：「妳先將小姑娘帶了出來！」

趙真嘿了一聲，說道：「她就睡在那邊床上。陸少爺，勞煩你去替我叫醒了她。」

陸少鴻摸黑跨入兩步，隱約看到內屋角落裡有一張床，但室內一片黑暗，實在看不出有沒有人睡在床上。陸少鴻又走上一步，忽覺頭腦一陣強烈昏眩，心知不好，卻已不及出聲呼救，俯身摔倒在地。

趙真不等陸少鴻跌到地上，便已搶上扶住了他的身子，輕聲將他放落地上，伸腿將他踢入床底。她快步奔入後屋臥房，低聲叫醒文素。文素睡眼惺忪，坐起身揉眼問道：「真姊，客人都走了麼？」

趙真道：「都走啦。」

文素長年與她相處，察覺她語音有異，問道：「真姊，妳怎麼了？發生了甚麼事？」

趙真搖了搖頭，強自壓抑心中焦慮，說道：「我沒事。文素，妳幾歲了？」

文素睜大眼睛，不明白她為何在此時此刻詢問自己的年紀，答道：「我今年十四歲了。」

趙真喃喃道：「十四歲，已經是大人了。沒有真姊，妳能自己過日子麼？」

文素一呆，伸出手握住了真姊的手，感覺她手掌冰涼，顫聲道：「真姊，妳莫嚇我！」

趙真吸了一口氣，說道：「文素，妳聽我說。有壞人來找真姊，我得將他們打發了。妳是個大人了，我教妳的釀酒之術妳都記得很清楚，是不是？我要妳拿著這包銀錢，穿過酒窖，從祕道門口出去，坐上咱們的小船，往下游漂去，漂得越遠越好。天明時靠岸，將小船砸沉了，往北行去，一路走去，不要停留。」

文素在黑暗中凝望著趙真，心中從未感到如此惶恐害怕，她低聲道：「我……我要去哪裡？」

趙真輕嘆一聲，從懷拿出一本薄薄的冊子，說道：「妳去河南，那兒有座山，叫作少室山，山上有座寺廟，叫作少林寺。妳去寺裡找一個名叫清召的和尚，妳知道和尚的，是不？就是吃素的和尚。妳去找他，給他看這本書，說是書的主人讓妳來的。」

文素伸手接過那書，低頭見書上寫著「酒經」兩個字，心中一陣迷惘，抬頭道：「真姊，妳也會來的，是麼？妳會跟來尋我的，是麼？」

趙真漫不經心地答道：「是，是，當然會。」

她不讓文素多問多想，匆匆將那本《酒經》包入包袱，塞入她懷中，催促她穿上外衣，立即上路。

文素又驚又怕，恍恍惚惚地跟著真姊來到酒窖門口。趙真悄悄打開活門，低聲道：「走！從祕道出去，我們的船就停在岸邊。妳悄聲奔去，不要讓人看見，不要回頭！」說著在文素背後輕輕一推。

文素抱著包袱鑽入酒窖，在一片黑暗中倉皇快奔。她向來聽從真姊的話，但這回她該聽麼？她真要拋下真姊，獨自坐上小船，向下游漂去，去遙遠陌生的河南尋找少室山、少林寺和清召和尚麼？

趙真匆匆將文素推入酒窖，關上活門後，便聽一人在廚房門口叫道：「少鴻、少鴻，找到人了麼？」卻是陸廣運的聲音。

趙真回過身，答道：「爹，小姑娘在此，我已盯住她了。」她模仿陸少鴻的聲音維妙維肖，陸廣運竟全然未曾起疑，說道：「好，看緊了她，莫讓她跑了。」

趙真道：「我理會得。」說著又回復自己的聲音，裝得甚是憤怒，說道：「陸少爺，你若敢對我家小姑娘無禮，我可不會放過你的！」又裝成陸少鴻的聲音笑道：「只要小姑娘乖乖的，我怎會對她無禮？爹，大伯有甚麼吩咐，喊一聲便是。」

陸廣運道：「甚好。趙老闆，取酒怎地那麼久？」

趙真吸了一口氣，應道：「來啦。」

許多許多年前，趙真曾靠著模仿他人口音的絕技，救了自己和夥伴們的性命。她早忘了這絕技是何時何處學來的，只記得自己從小便愛模仿別人的聲音口氣，常逗得父親呵呵大笑，對她讚不絕口。後來她越學越神似，甚至能一個人假扮三個人的聲音互相對話，語氣口音各自不同，沒看見的人還以為房內真有三個人。

這時趙真鎮定心神，將門外的情勢想了一遍，便提起兩壺燒酒，從廚房後走出，但見陸廣運正在門外張望。趙真瞪了他一眼，說道：「最好叫你兒子安分點！」將一壺酒交到他手中，說道：「站著做啥？還不快幫我拿出去！」

陸廣運不疑有他，接過酒壺回入外堂。趙真若無其事地取酒杯、倒酒，又去火爐邊生起了熊熊烈火。爐火將酒肆映照得時明時暗，外面落雨已止歇，酒肆中異常安靜，只聞火焰燃燒柴枝的畢剝之聲。

第十回　神盜真身

宦官劉公公首先沉不住氣，說道：「陸大俠，您若知道那飛賊究竟是誰，這就說出來罷！」

陸鴻運笑了起來，拿起酒杯要喝，卻忽然一揮手，將酒杯扔入火中。酒杯碎裂，酒水令火焰轟一聲爆燃起來。趙真正站在火爐之前，急速側身讓開，臉色一變，轉頭凝視著陸鴻運。

劉公公奇道：「陸大俠，這是做甚麼？」

陸鴻運嘿了一聲，說道：「酒裡有毒！趙老闆，妳自己露出馬腳，可省得我麻煩了。好！我便跟大家說個故事。你們可知道我為何向趙老闆討桃源酒？便是因為我知道此地藏汙納垢，如何稱得上世外桃源？地方是如此，人又豈有不同？潔身自愛，高不可攀，全是偽裝，全是謊言！各位，你們可知這位趙老闆的出身來歷，究竟有多少不可告人之處？」

趙真站直了身子，冷然向陸鴻運望去，面上如罩了一層寒霜，卻沒有言語。

陸鴻運望著趙真冷笑兩聲，向著酒肆中眾人說道：「待我跟大家說件往事。『飛檐大盜』方飛檐的匪號，你們可聽說過？」

華大接口道：「不就是二十年多前那個拒捕自盡的強盜？」

陸鴻運點頭道：「不錯！就是那惡名昭彰、手段殘狠的強盜。當時正道武林聯手討伐，逼得他走投無路，不得不羞憤自盡。這人自殺之後，卻還留下了個女兒，你們可知道這女兒的下落如何？」說著看向趙真。

聽他這語氣和眼色，眾人的眼光都不由自主落到趙真的身上，心中動著同一個念頭：「莫非趙老闆便是方飛檐的女兒？」

趙真面色不改，淡然說道：「陸大俠，聽來你是想影射我是方飛檐的女兒。閣下胡說八道、編造故事的本領，果然高人一等。」

陸鴻運冷冷地道：「妳自己當然是不肯承認的了。大家再聽我說來，這方飛檐的女兒當時只有十三歲，她父親自殺後，她便跟著一個叫劉羽的師兄逃了出來。後來這劉羽自立門戶，成為一方大盜，便娶了師妹為妻。怎曉得這女子不但不感念師兄的相救之恩、夫妻之情，竟狠心下手害死了劉羽。這女子之後更使出狐媚手段，攀上了江湖上幾個著名的大盜，讓這些男子一個個拜倒在她的裙下，她自己也成為名震一時的女盜匪，號稱『無影神盜』！」

他說出「無影神盜」四字，堂上眾人盡皆嘩然，議論紛紛。莫非當年名震江湖的無影神盜竟是個女子，且是方飛檐的女兒，更是今日杏風酒肆的趙老闆趙真？

趙真漠然而聽，臉上沒有半分激動驚怒，似乎在聽一個與她毫無關係的故事。

陸鴻運續道：「這位無影神盜不但膽大包天，手段殘狠，並以冷血無情著稱。世人並不知道她其實是個女子，且這女子行止荒唐，淫蕩無恥，曾有過無數的相好，聲名狼藉。為她爭風吃醋、為情相殺之事時時發生，在她挑撥之下而喪命的黑道匪賊，更是屈指難數。後來她跟一個姓苗的盜匪交好，這姓苗的幾乎將心肝都掏了出來給她，最後卻被她反目陷害，斬斷了兩條腿，廢去武功，生不如死。這女子囊捲了姓苗的所有錢財逃去，之後便不知所蹤，只有人見到她喬妝改扮，往西去了。」

酒肆中眾人都聚精會神，一齊望著陸鴻運，盼他說出結局，點出關鍵。

陸鴻運神色肅然，倏然站起身，指著趙真，厲聲道：「世上有人甘願為這女子神魂顛倒，我說這些人好不糊塗！她是如何的出身，如何的人品，大家此刻可都瞧清楚了罷！這等水性楊花、奸險惡毒的女子，根本不值一顧！在座各位都是江湖上有名有姓的人物，切莫不知自愛，與這大盜之後、無惡不作的賤人相交，自毀前程！閣下若肯聽我陸鴻運一言，便立即離開此地，往後莫要再踏入這賊窟一步！」說著拔出半截長劍，目光炯炯，環視一眾酒客。他身邊的眾弟子手下一齊踏上一步，刷刷刷地拔出了刀劍，數十道白刃在火光下閃閃發光。

此時外邊又下起了綿綿細雨。

堂上眾人聽了陸鴻運這一番話，皆是震驚不已，一時噤若寒蟬。最先站起身的是峨嵋派的兩個弟子，二話不說，向陸鴻運抱拳行禮，跨出門去。

龍幫的三人也低聲交談幾句，一齊起身出門去了。史九哥雖對趙真頗懷遐想，但龍幫幫規森嚴，幫中弟子不可得罪正道，不可庇護盜匪，此番陸鴻運大張旗鼓，捕捉隱藏多年的無影神盜，龍幫自不能淌這渾水，為一個大盜出頭。

茶商關老闆早嚇得臉色蒼白，望著身周一圈亮晃晃的刀劍，顫抖著手抓起身邊包袱，一絆一躓地逃出門去。

華大望望趙真，又望望陸鴻運，口裡咕噥著，也慢慢蹭了出去。

白堯夫臉色煞白，皺起眉頭，遲疑良久，才起身快步出門。

這些人心中自然有數，陸鴻運此番乃是專為找趙真麻煩而來，自己有本領跟陸鴻運相抗麼？就算有本領，又值得麼？倘若趙真的出身來歷確實如陸鴻運所述那般不堪，自己避之唯恐不及，又怎能為她出頭？

那撐船漢子似乎喝得甚醉，眼見人人都出去了，自言自語道：「要關門了麼？好，我也走。」一走去櫃檯扔下幾兩碎銀子，搖搖擺擺地出去了。

不多時後，堂上除了那兩個宦官和五名錦衣衛之外，便只剩下西山三虎了。這三人互相望望，為首的一拍桌子，叫道：「趙老闆往年曾救過我等性命，我等便不是人，也要懂得知恩圖報！」說著刷刷刷三聲，三人各自拔出大刀，守在趙真的身前。

趙真眼見那些個口口聲聲願意為自己掏心挖肺的男子們，都如躲避瘟疫一般地逃去了，反倒是這三個盜匪頗重義氣，願意為自己拚命，心中又是可笑，又是感動，輕嘆一聲，說道：「三位大哥，你們快去罷。好教你們知道，你們的老大當年便是死在我手中。我幾年前出手救了你們的性命，只不過因為心中歉疚。我們互不相欠，你等不必為我賣命。」

西山三虎露出難以置信的神色，為首的道：「妳……妳果真便是……是無影……」

趙真喝道：「還不出去？」

西山三虎愣然一陣，才一起收刀，跨門而出。

第十一回 喪盡天良

趙真見酒肆中客人全數離去，只剩下陸家眾人和一眾宦官錦衣衛，對自己虎視眈眈，索性踢出一張板凳，飛過去將酒肆的板門關上了，微笑著望向陸鴻運，說道：「陸大俠，咱們這是第一次會面罷？你造謠毀我名譽，你道我會輕易放過你麼？」

陸鴻運笑道：「妳可說反了！是我不會輕易放過妳。方姑娘，妳往年所造的罪業，只道躲在此地開個酒肆便能逃過了麼？妳曾害死的人命，偷盜的錢財，便能一筆勾銷了麼？世上可沒這麼便宜的事！今日我要妳難逃天理，償還公道！」刷一聲完全拔出長劍，指向趙真。

趙真神色陰沉，全不理會他的長劍，只直視他的雙眼，冷冷地道：「陸鴻運，你是如何一個人面獸心的畜生，沒有人比我更加清楚。好教你知道，你女兒陸少菁，便是死在我這兒。」

陸鴻運聽了這話，臉色微變，咬牙切齒地道：「傳言果然沒錯，是妳害死了我女兒！」

趙真冷笑一聲，說道：「害死她的是誰，只怕你比我還要清楚得多！」

陸鴻運忽然回頭，對兄弟道：「這女子狡詐奸險，只怕外面還有埋伏。你們去門外守住，不聽我呼喚，不可進來。」陸廣運應了，當即率領弟子手下出屋而去。

趙真嘖嘖兩聲，撇嘴冷笑，說道：「原來你還有一念羞恥之心，這件事連自己的兄弟都瞞著。嘿，當年我遇到陸姑娘時，還不敢相信世上能有似你這般的禽獸，今日你竟有臉找上門來，我可不得不信了。」

陸鴻運冷冷地道：「妳最好少說兩句，免得死前多受苦楚。」

趙真轉頭望向一旁的眾宦官和錦衣衛，說道：「你要我不說，這幾位公公和大人卻想聽得很呢。我若不說出來，豈不辜負了你陸家名門正派的高風亮節？」

陸鴻運搶上一步，舉劍便往趙真刺去。趙真一側身，溜到那劉公公身後，叫道：「劉公公！您看這人對我驟下殺手，顯然心中有鬼。只因我抓住了他的把柄，他才如此忌恨於我。」

那劉公公識得趙真已有數年，與這陸鴻運卻只是初見，聽趙真這麼說，便擺了擺手，他身邊的五個錦衣衛登時圍在趙真身旁，拔出刀劍，指著她的要害。趙真輕哼一聲。

劉公公上前一步，伸手攔住了陸鴻運，說道：「陸大俠，且請慢來，有話可以好好說清楚。您不會真有甚麼把柄落在別人手中罷？我倒想聽聽趙老闆有甚麼話要說。」

陸鴻運目中如要噴火，卻不願就此得罪宮廷中人，當下說道：「這賤人說話如同放屁，沒甚麼好聽的！公公請讓開，讓我解決了她！」

趙真站在眾侍衛的刀劍環繞之中，任一人挺劍揮刀，自己都不免受傷，但她知道這是自己最好也是最後的機會，當下凝視著陸鴻運，沉聲說道：「陸大爺，當年令嬡陸姑娘受你侵犯，懷上了身孕，你將她囚禁起來，以為如此就能瞞過世人耳目。只沒想到她會懷著身孕逃脫，一路逃到此地。你派出大批人馬追殺她，終於將她和腹中胎兒一起殺死，毀屍滅跡，湮滅你喪盡天良、荼毒親女的證據。唉！我若早些將事情公開，拆下你的假面具，陸姑娘的在天之靈或許會得到安息，也不致化為鬼魂，夜夜去糾纏你了。」

陸鴻運臉色鐵青，勉強一笑，說道：「妳這神人共憤的大盜，卻也來血口噴人，誰會相信妳的鬼話？」

趙真望向窗外，幽幽地嘆了一口氣，說道：「陸姑娘啊陸姑娘，我救不得妳母子的性命，令尊的毒手又向我伸來，妳在天上可看見了麼？妳當年受親父逼迫，羞憤交加，不敢聲張，卻沒想到妳爹會趕盡殺絕，為了隱瞞這件醜事而對妳痛下毒手罷？」

陸鴻運臉色越來越難看，側眼見五名侍衛和兩個宦官望向自己的眼光中，已含有懷疑鄙夷之色，心下大怒，喝道：「賊賤人！我原本想饒妳一命，妳既有膽說出這等汙衊的言語，血口噴人，胡亂造謠，我可不能任妳活下去了！」

趙真一笑，向眾侍衛宦官道：「兩位公公，各位侍衛大人，你們莫以為自己是朝廷命官，姓陸的便不敢對你們動手。今日我揭破了他過去的醜事，你們都聽在耳中，這姓陸的會如何對付我，也就會如何對付你們了。此地荒村野地，殺個把朝廷命官，掩藏屍首，也不是件難事。我若是你們，此刻該感到膽戰心驚，慄慄自危了。」

那七人聽她這麼說，都不禁臉色微變，將刀劍轉向了陸鴻運。

陸鴻運望向兩名宦官，拱手說道：「在下絕對無意得罪各位公公和大人。陸某於兩湖是有家有業、有頭有臉的人物，一切全靠諸位大人撐持照顧。今日在此抓住了這女盜匪，正要偏勞各位公公大人在京城為在下美言幾句，盼能謀得一官半職，封妻蔭子，榮耀門庭。」

劉公公聽他出口索求官位封賞，登時臉露微笑，說道：「好說，好說。這等盜匪奸人所說的話，我等自然是半點也不相信的。」一句話未了，陸鴻運長劍閃處，已刺入了劉公公的咽喉。他劍如閃電，毫不停留，又刺入了一名錦衣衛的胸口。餘人驚呼聲中，紛紛揮刀劍抵擋，但陸鴻運的劍極快極狠，一招致命，七劍到處，轉眼間五名錦衣衛和兩名宦官便已屍橫就地。

趙真低頭望著他們的屍身，嘆了口氣，說道：「有些人便是後知後覺。我雖好心提醒了他們，終究無濟於事。」

陸鴻運冷笑道：「妳自己難道不也是後知後覺？死到臨頭，還有心取笑別人？」

趙真嘿了一聲，說道：「說得也是。陸大俠，不知你打算如何對付我？抓我去邀功領賞，本是個不錯的主意，只可惜我知道得太多，嘴巴又不聽話，總要撕破你的假面具，將你往年的惡行全抖出來才高興。」

陸鴻運冷然道：「要讓妳不會說話，那也容易。只要割了妳的舌頭，便不怕妳的嘴巴不聽話了。」

趙真道：「如此說來，與其受你折磨虐待，我不如早早自行了斷，來得乾淨俐落。」說著從袖裡翻出一柄匕首，對準自己的胸口，便要刺入。

第十二回　酒肆激戰

陸鴻運眼見趙真這一匕首便要刺入胸口，陡然喝道：「且慢！」

趙真停了手，抬眼望向他，說道：「怎地？」

陸鴻運道：「我要問妳一句話。」

趙真笑道：「我反正就要死了，隨你問甚麼，我答也是死，不答也是死；說真話也是死，說假話也是死。你問罷！」

陸鴻運哼了一聲，靜了半晌，才壓低了聲音，說道：「那小姑娘，是不是少菁的孩子？」

趙真聞言，陡然哈哈大笑起來，說道：「你這禽獸不如的賊子，竟想來認女兒麼？不，不，是來認外孫女！可不是？又是女兒，又是外孫女！哈哈，你別癡心妄想啦！」

陸鴻運雙眉倒豎，低喝道：「說！是也不是？」

趙真淡然道：「我不知道？你以為呢？」

陸鴻運長劍陡進，噹的一聲挑開了趙真手中的匕首，劍尖直指她的咽喉，冷然道：

「我不需要知道，只要全數殺死便是了。」

趙真命懸敵手，卻神色自若，冷然一笑，說道：「你若不怕多一個惡鬼纏著你，便放手殺罷！」忽然放聲大笑，假扮陸鴻運的聲音叫道：「女賊已伏法，你們都進來！」

陸鴻運聽她模仿自己的語音維妙維肖，不禁一愣，板門響處，陸廣運等已搶了進來，趙真趁著對手一呆之際，矮身滾倒，抓起一罈酒往火爐中扔去，但聽乒乓聲響，那酒罈被砸得粉碎，火光猛然暴長。陸家眾人不自主伸手遮眼，而趙真已滾到火爐邊上，順手抓起爐邊一罈罈酒壺在火中點燃，將一團團火球向眾人扔去。幾個陸家子弟逃避不及，身上立時著火燃燒起來。

陸鴻運怒喝道：「賊賤人！」揮劍打飛幾個酒罈，飛身上前，但聽呼呼風響，身旁眾人慘呼聲此起彼落，卻是趙真啟動機關，從火爐上射出一排鐵釘，眾弟子紛紛中釘倒下。

陸鴻運聽得暗器破空聲響，危急中伸手抓過一張桌子擋在身前，只聽答答連響，火爐上又發出了數十枚鐵釘，如雨點般打在桌面上。饒是他身經百戰，也不禁出了一身冷汗，怒罵一聲，頂著桌子衝上前去，長劍從桌後急刺而出，正中趙真的肩頭。

趙真悶哼一聲，摔倒在地，踢起兩個酒罈向陸鴻運飛去。陸鴻運側身避過，長劍橫劈，斬在趙真的左腿上。

趙真從袖中翻出數枚銀針，正待射出，但覺腰間一痛，已被陸鴻運點了穴道。她只覺肩頭和腿上傷口熱辣辣地疼痛，全身無力，倒在地上，口中仍咒罵不絕。

陸鴻運回頭見兄弟和弟子全數倒地，不是被火燒傷，便是被鐵釘射中，心中怒不可遏，跨上一步，伸手掐住趙真的咽喉，額上青筋暴露，喝道：「賊賤人，手段如此毒辣！」

趙真向他臉上吐了一口唾沫，罵道：「論陰險毒辣，我還輸你三分！狗禽獸，你有種便殺了我！」

陸鴻運手指縮緊，趙真感到咽喉吸不進氣，再也無法出聲咒罵。陸鴻運怒氣勃發，提起長劍指著趙真的臉孔，獰笑道：「我今日不好好整治妳這賤人，我不姓陸！」

便在此時，門外傳來篤篤篤三下敲門聲。兩人一驚，一齊轉頭往板門看去。

但聽門外那人又敲了三下。陸鴻運放鬆了手指，向趙真使個眼色，趙真知道他要自己出聲答應，便開口道：「門外是誰？」

門外一人道：「趙老闆，妳沒事麼？我是點蒼張潔！」

陸鴻運手指用力，捏住趙真的咽喉，令她更無法出聲。但聽張潔又道：「我聽聞消息，那姓陸的要來找妳麻煩，那奸賊可走了沒有？」

陸鴻運又向趙真使個眼色，趙真便開口道：「他已經走了。」

張潔道：「那就好了。這人性情奸險，我師父查出他往年曾做過不少惡事，囑咐我特別留心。這廝倘若又存心為惡，我便出手揭穿了他的假面具……」

話聲未了，陸鴻運陡然衝上前踢開板門，揮劍斬去。不料這劍卻斬了個空，門外竟連半個人影也無。他臉上變色，喝道：「張潔，你出來！」

門外風聲呼呼，雨聲淅瀝，卻無半點人聲。陸鴻運四下張望，陡然感到不對，回過頭來，卻見酒肆中燈火明滅，趙真竟已不在當地了。他破口大罵，在屋中四處搜索，又奔出屋外查看，黑沉沉的夜晚只剩下一片淒寒的冷風細雨，卻哪有趙真的人影？

一片漆黑之中，趙真只感到全身痠軟，彷彿有人抱著自己顛顛簸簸地快奔，冷雨打在臉上，冰涼涼地又爽快又惱人。她耳邊似乎響起了父親臨死前的笑聲。那是淒厲而狂妄的大笑。不錯，那豪狂一世的老人是被逼上了絕路；正派武林聯手緝捕他，他孤身一人，無法逃脫，被困在一間破廟之中。既然要死，又何必讓正派那些狗崽子得個痛快？他是一代大盜，橫行江湖數十年，要死也得自己動手，自我了結！他於是縱火焚身，在烈火中大笑而死，在場的五十多名正派人士眼睜睜地望著這一代梟雄在熾焰環繞下兀自高唱狂笑，直至氣絕，莫不駭然失色。

火光旁的黑暗中，一個小女孩眼睜睜地望著父親自焚而死。她沒有流一滴眼淚，她早知道父親會轟轟烈烈地死去，心中沒有半絲悲傷，只有對父親的滿懷驕傲。

十三歲的女孩兒確實跟著十八歲的師兄逃走了。然而陸鴻運說得半點也不對，那劉羽才是個人面獸心的畜生。她從來沒有成為他的妻子，更沒有讓他碰過自己的身子。那是父親死後兩年左右罷，劉羽藉醉意圖侵犯她，她又驚又怒，慌亂中抓起匕首刺死了他，倉皇逃走，開始了一段亡命生涯。

第十三回 前塵往事

她為了躲避劉羽手下那幫盜匪兄弟的復仇追殺，隱姓埋名，四處流浪逃亡。十五歲的小女孩別的不會，只記得父親傳授的偷盜之技。往後的歲月流逝既模糊又迅速，從偷取食物充飢到竊盜珍稀寶物出賣獲利，這名大盜遺孤一點一滴地體驗到，父親當年曾經經歷過的盜匪生涯。

她體內有盜賊的血，有偷竊的才能，幾年來她從未失手。她的膽子越來越大，冒險偷了很多別人想也不敢想的事物，變賣獲取暴利；或受聘替人出手，收取高額酬金。她保持神祕，從未有人見過她的真面目，因此得了個「無影神盜」的名號。

她曾經少年輕狂，錢財多得揮霍不完。她學會如何挑揀最輕軟的綾羅綢緞，享用最稀奇的山珍海饈，穿戴最精巧的珠寶首飾。「鈿頭銀篦擊節碎，血色羅裙翻酒汙；今年歡笑復明年，秋月春風等閒度。」正是她當年奢華浮糜生活的寫照。

陸鴻運倒是說對了一點：她曾有過很多的情人。她還記得那許許多多拜在她石榴裙下的少年，那許許多多為她癡狂的男子。她記得哪些男子曾為自己動心，也記得自己從未認真，總是一貫的嘻笑怒罵、輕浮敷衍。她永遠清楚誰是她的主人，那就是她自己。

趙真陡然清醒過來，感到身子搖晃，似乎在一艘船上。自己是同文素在一起麼？文素應當已聽從自己的吩咐，乘上小船，向下游漂去了。她一個人能跋涉這麼遠的路麼？她真的能照顧自己麼？她能逃過陸鴻運的追殺，逃上少林寺麼？……

趙真記得文素臨行前曾問自己：「真姊，妳也會來的，是麼？妳會跟來尋我的，是麼？」自己回答她：「是，是，當然會。」但那並不是真心話，儘管她多麼希望能親自護送文素平安到達少林。

她當年離開少林寺之時，曾被迫立誓，此生再也不踏上少室山半步。

初生之犢不畏虎。那時她剛與苗一龍拆夥。苗一龍是怎樣的人？她似乎已記不清了，也似乎印象深刻得難以抹去。那姓陸的說自己害了苗一龍，砍了他的雙腿，廢了他的武功，偷了他的錢財逃去。不是，不是，不是。她從來沒有傷害過苗一龍，但苗一龍確曾為她頂罪，為她失去兩條腿。那是她離去以後才發生的事情，他是心甘情願的。趙真從他身上懂得甚麼是癡情，甚麼是真心相待。

但她不能停留，她必須離去。苗一龍向她傾訴情衷的那一夜，她便悄悄地走了，甚麼也沒有拿；那一年中他們一起偷盜累積的財富總有百萬之數，她一絲一毫也沒有取。她兩手空空地去了，年少不只是輕狂，還有著成年人無法保有的一分瀟灑，一分無所眷戀。

她為甚麼離去？別的人她可以輕易割捨，隨手拋棄，但她不能傷害苗一龍，這個心地極端善良的漢子，這個心思單純得全不似盜匪的盜匪。當她發現他有多麼認真時，她就知道是自己該離去的時候了。

她不願被綁縛，不在乎獨行，她又開始接生意。那年她接到了一筆大生意，有人託她上少林寺偷取藏經閣中的七十二絕技祕譜。她自出道以來從未失手，信心十足，立即便答應了。

她策畫數月之後，便獨自闖上少室山。然而山上守衛之嚴謹遠遠超過她的想像，少林派中高手如雲，比起她先前遇過的對手高出幾十倍不止。她偷上山的當日就被少林僧人圍攻，打傷抓起，關在一間牢房裡。她聽牢房外守衛僧人的交談，才明白了事情的真相：原來這根本是個陷阱。託她上山的人乃是劉羽的結拜兄弟，早已通知少林嚴加戒備，等她上山來自投羅網。

她驚怒交集，知道陷害她的人定會來此將她帶走，痛加折磨，以報她殺死劉羽之仇。她不願落入他們的手中，便決意自盡。她想起父親的死，自殺並不是件可怕的事，轉眼之間，一切便都結束了。她當時受傷不輕，身邊又沒有刀劍，但當一個人求死心切時，是沒有甚麼能夠阻止她的。她打破瓷碗，用瓷片的鋒利邊緣割開了雙腕的血脈。她在黑暗中感覺熱血從割口急速湧出，如奔流的江水，如傾瀉的瀑布。她感到極端快意，好似報了甚麼滔天大仇一般，安然躺下，等待死亡的降臨。

但她絕沒想到自己還能醒來。醒來時她只覺全身輕飄飄的，好似能飛上天去一般。她耳中聽見低沉遲緩的語音，像是有人在誦唸經文。她一陣頭昏眼花，又昏睡了過去。

後來她才知道，救了自己性命的是個和尚。她不知道那和尚是甚麼人，只曉得他約莫四十來歲，面貌慈和。他運內力替自己補氣，餵自己喝湯吃藥，每晚在外室誦經，直至夜深。

她告訴和尚自己並不想活下去，不要白費力氣相救，那和尚只是搖頭，說道：「阿彌陀佛！螻蟻尚且偷生，女施主不可輕言放棄。」

如此過了許多日子，她的身體漸漸恢復過來。有天晚上她聞到外室傳來濃郁的酒味，心中好奇，爬起身從門縫看去，但見那和尚正自在燈下飲酒。她調皮心起，推門笑道：「和尚好大膽子，竟敢破戒喝酒！」

那和尚笑了，說道：「既然被女施主見到了，不如坐下陪我喝一杯罷！」

她出去坐下了，和尚倒了一杯紫紅色的酒給她。她舉杯喝下，那是她生平喝過最好喝的酒。和尚問她如何，她忍不住讚道：「好酒！比我爹爹收藏的三十年葡萄酒還要香醇！」

和尚微笑道：「令尊定是酒中名家，竟藏有三十年的葡萄美酒！貧僧恨不能與令尊結交，共飲一杯。」

她聽了這話，猛地呆了，童年時的種種情景倏然湧上心頭。她曾是父親的掌上明珠，過著錦衣玉食的生活，受盡呵護愛憐，享盡奢侈榮華。曾幾何時，她被迫流離失所，四處逃亡，過著朝不保夕的日子；曾幾何時，她開始以偷盜為業，惡名遠播，荒唐揮霍，並引以為傲？曾幾何時，她竟步上了父親的後塵，年紀輕輕便走投無路，欲以自殺了結一生？

第十四回 雨夜慘案

她由衷地悲從中來，霎時覺悟自己已一步步走上父親當年的錯路，再也無法回頭。她流下眼淚，向和尚拜倒，請求他指點迷津。

和尚溫言道：「人孰無過？我德智有限，不懂得教妳，只能送妳一件事物，盼妳能尋得自己的出路。」

他給了她一本書，那是一本詳細描述釀酒之術的《酒經》。和尚笑著道：「我雖愛喝酒，卻不能偷偷在寺中釀酒。得到這至寶，我正不知該給誰，正好送了給妳。妳好自為之，莫再輕生，莫再沉淪。」

她口中喃喃唸道：「莫再輕生，莫再沉淪。」這八個字雖是從和尚口中輕輕說出，對她卻如雷鳴一般，就此深深地刻印在她的心頭。

她忍不住痛哭流涕，向和尚恭恭敬敬地跪下磕頭，誠心拜謝。

後來她聽前來打掃的小沙彌說起，才知道那和尚法號「清召」，乃是少林派的降龍堂主，地位崇高。清召雖救了她的性命並感化了她，少林派的其他僧人卻不肯輕易放過她這個惡名昭彰、滿手血腥的盜賊。在清召的迴護下，他們不能殺她，只逼她發下毒誓，此生再也不踏上少室山一步。

她不願為難清召，便乖乖發了誓，頭也不回地下山去了。她知道清召總會在他的禪室裡為她誦經迴向，期盼她走上正途。她懷藏著和尚送給她的那本《酒經》和那八個字，踏上了一條迥然不同的路。

她在江湖上漂流了一陣子，才在杏村定居下來，靠著那本《酒經》學會了釀酒之術，開了間酒肆，賣酒維生。她決意忘記過去，重新開始。為感念少林清召和尚的相救感化之德，她改姓為趙，單名一個「真」字。那年她只有十八歲。

趙真清醒過來時，眼前是黑沉沉的無星夜空，耳中是沉緩的波濤之聲。這場雨已經停了。

她隱約記得自己昏迷之前，在酒肆之中，陸鴻運衝出門外向張潔叫陣，她感到身後傳來一陣涼風，接著腰上一緊，一人將自己攔腰抱起，躍出窗外。她早知來人絕不是張潔。她雖只見過張潔一次，卻已牢牢記住他的語音，那在門外說話之人聲音略粗，四川口音並不純正，顯然以自稱張潔來嚇唬陸鴻運。陸鴻運進入酒肆時張潔已然離去，因此無法分辨真偽。

這人是誰？

她緩緩轉頭望去，但見船頭立著一個漢子，手中持著一根木槳，正將船向下游划去。一盞昏暗的油燈掛在船桅上，映照出那人的側面，卻是曾在酒肆飲烈酒的那個撐船漢子。

趙真掙扎著坐起身，感到肩頭和腿上的傷口都已包紮好了，但仍隱隱疼痛，忍不住輕哼了一聲。那漢子回過頭來，說道：「妳醒了？」

趙真望向他，問道：「你是誰？要將船開往何處？」

漢子道：「我姓葉，單名一個舟字。咱們這去追妳家小姑娘，免得讓那姓陸的先趕上了。」

趙真嗯了一聲，沒有答話。

葉舟猜知她的心思，哈哈一笑，放下木槳，說道：「妳我初初相識，我知妳定然信不過我。不如我先跟妳說一件往事。」

趙真望著他黝黑的臉孔，說道：「你說罷。」

葉舟在船中坐下了，將木槳橫在膝頭，點起一支水煙，說道：「十四年前，也是如今夜這般淒風苦雨的夜晚，我和山東大刀門主汪大通的兒子汪至剛行船經過，就在杏村岸邊過夜。我們在船頭守夜閒聊，忽然見到一個黑影從水裡冒出，掙扎著爬上岸去，如一頭野獸般慢慢爬遠。我們心中好奇，便移船近岸，跟上去瞧個究竟。大雨並不能洗盡那人流下的血跡，我們循著血痕跟上前去，看到那人直爬到杏風酒肆的門口，勉力敲門。」

趙真咦了一聲，臉上露出驚疑之色。

葉舟又道：「我們遠遠看到妳開門出來，將那人救了進去。原來那是個即將臨盆的婦人，身上受傷極重，妳在屋裡忙著替她接生，包紮傷口，但她畢竟未能撐過去，生下孩子後便斷了氣。我們一直在門外聽著，很多話都聽不清楚，只隱約得知陸鴻運在追殺她。我們動了俠義之心，決意出手相護，便一起去河邊挑水，將沿路的血跡洗去，並趁夜去後山亂葬墳地裡挖出了一具女屍、一具嬰屍，棄置在岸邊，好讓追殺之人以為母子都已死去。」

趙真緩緩點頭，說道：「原來那夜有你們在暗中相助，姓陸的奸賊才沒能趕盡殺絕。」她靜了一陣，又道：「沒錯，那少婦便是陸少菁，她是陸鴻運的獨生女兒。她告訴我，在她出嫁前夕，被父親藉酒侵犯了，讓她懷上了身孕，之後更將她囚禁起來。她知道父親不會讓她留下這孩子，便偷偷逃出陸家莊。姓陸的果然立即派人出來追殺她，她沿江逃逸，不幸在江上被她爹爹的手下發現，身受重傷，落入水中，勉強泅水上岸，一路爬到我的酒肆門口。」

葉舟點了點頭，說道：「我知道姓陸的表面上俠義方正，暗地裡卻是心狠手辣，無惡不作。只沒想到他連親生女兒都痛下殺手！」頓了頓，又道：「半年之前，我聽說汪至剛被人斬死在洞庭湖邊上。我跟他略有交情，便前去探查，發現殺他的似乎是陸家的人。我想起十多年前的往事，懷疑兩件事情有關聯，便開始盯上陸鴻運。只沒想到他下手這麼快，我才剛剛追蹤上他，他便已來到妳酒肆門口。」

第十五回　隨江而逝

趙真聽了葉舟所述往事，沉吟道：「莫非向姓陸的透露消息的，正是汪至剛？」

葉舟道：「我便是這麼猜想。他少年時任俠好義，做了不少打抱不平之事。但他自老子死後，便開始揮霍無度，幾年間便散盡了家財，流落在外，飲酒成癮，潦倒不堪。他大約想起了這件往事，便想以此威脅姓陸的，以換取封口費。姓陸的最重視自己的聲名，絕沒想到他女兒的事情會流傳出去，更不知道這孩子竟然存活了下來。他先殺了汪至剛，又想妳多半也知道這個祕密，便決定出手對付妳。」

趙真咬牙道：「我只道陸姑娘死後，陸鴻運這廝該會收斂一些，加上事情已過去了這麼多年，他總該遺忘了罷。只沒想到當年的事會傳回他耳中，他竟決定趕盡殺絕，來此對文素下手！」

葉舟吐出一圈煙霧，眼望江面，語氣仍舊淡泊如水，輕嘆道：「這就是武林，這就是江湖！平靜和諧的表面之下掩藏著多少血腥慘劇，多少悲歡離合，原不足為外人道。妳是這般，文素是這般，江湖中人誰又何嘗不是？」

趙真默然一陣，才道：「我命中便是如此，卻不相信世間人人都得經歷這許多辛酸苦難。因此我要給文素一切純善的東西，一切美好的東西，讓她永遠不要見到人心黑暗骯髒的一面。」她苦笑了一下，又道：「偏偏那無恥的畜生不肯放過她，一路追來此地，硬要在她面前展露他那醜陋的嘴臉！」

話聲未落，忽然反手閃出蛾眉刺，抵在葉舟咽喉，冷然道：「知道當年慘劇的只有三人。我怎知告密的不是你？」

葉舟臉上毫無驚懼之色，抬頭直視著她，哈哈一笑，說道：「沒錯，有可能是我。趙老闆，在妳殺我之前，我有件物事要給妳看。」

趙真道：「甚麼物事？」

葉舟道：「它便掛在我的頸鍊之上。」

趙真雙眼盯著他的臉，伸出左手扯開他的衣襟，順著頸鍊摸去，觸手卻是一塊溫潤光滑的玉片。她心中一震，低頭看去，油燈下看得清楚，那是一塊晶瑩剔透的羊脂白玉，上面刻著「錦玉」二字。

趙真臉色大變，驚道：「你怎會有這東西？」

葉舟伸手將抵在喉頭的蛾眉刺推開，靜靜地道：「這是我大哥的遺物。」

趙真呆了一陣，才道：「這麼說，他已經死了？」

葉舟點了點頭，拿起水煙抽了一口，說道：「是。他至死都戴著這玉片，不曾暫離。方姑娘，他說他當年拿著這塊玉向妳求親，妳沒有答應，他只好將這玉當成是妳，永遠戴在身上。」

趙真默然良久，才道：「你大哥苗一龍是個好漢子。他對我情義深重，我豈有不知？他……他走前可說了甚麼？」

葉舟道：「他說他從不後悔，也不要妳覺得對他有任何虧欠。他知道妳是一艘漂流不定的小舟，不願停泊靠岸，也無心尋找歸宿。他懂得妳，因此不會來與妳糾纏。他輾轉得知妳在杏村開酒肆，知道妳過著任心隨意的日子，很為妳高興。」

趙真望著江上茫茫夜霧，喃喃道：「他說得是，他說得很是！」

葉舟將那玉片從頸上脫下，遞在她手中，喟嘆道：「天下癡情之人，只怕以我大哥為最。我敬佩他，卻不能懂得他。有人的心牢牢繫在一處，不能稍移；我卻只喜歡漂泊天涯，與清風浮雲為伴，以滔滔江水為友，一刻也不願受到束縛。大哥時時感到悲憂傷懷，我卻隨時感到此生已足。杯酒浮生，盡興暢懷，人生不就是這麼回事？任心自在，無所掛礙，無所羈絆，瀟灑來去，這才是快活！」

趙真露出微笑，忽然揮手將玉片遠遠拋出，波的一聲落入黑暗的江水之中，說道：「你大哥去了，方錦玉也去了，便讓他們一同隨著江水逝去罷！」

兩人相視而笑，都感到一股難以言喻的開闊豁達，竟越笑越開懷，不能停下。

卻說那時文素抱著包袱，跌跌撞撞地奔出酒窖，來到細雨夜色中的江邊，尋到了小船。她定了定神，跨上小船，解開船索，持槳將船往下游蕩去。回頭但見不遠處的岸邊停泊著一排大大小小的船隻，船頭燈火在風雨中搖曳閃爍，心頭頓時一陣彷徨，忍不住坐倒在船頭，掩面抽泣起來。

忽聽岸邊一人叫道：「文素小姑娘，是妳麼？」

文素一驚回頭，但聽這聲音好熟，卻是甚麼人？但見一個人影站在岸邊，腰間佩劍，手上提著一只燈籠，燈籠光下看清他的面貌，卻是點蒼小劍客張潔。文素鬆了一口氣，拍拍胸口，說道：「張大哥，是你！」

張潔見她失魂落魄的模樣，又聽她脫口叫出這一聲「張大哥」，依賴倚靠之情溢於言表，不禁走近幾步，問道：「天已黑了，妳要去何處？可是發生了甚麼事？」

文素伸手抹去眼淚，卻止不住抽泣。她定了定神，站起身，將小船蕩回岸邊，抬頭望著張潔，小嘴一癟，說道：「我……我不知道發生了甚麼事。有人要欺負真姊，真姊要我先走，我就趕緊跑出來了。」

張潔微微皺眉，說道：「是誰要欺負趙老闆？」

文素搖頭道：「我不知道，好像便是姓陸的那夥人。」

便在此時，忽聽遠處一人大聲道：「姓陸的果然是衝著趙老闆來的！你可沒料到罷？」

張潔回頭望去，但見岸邊走來一群人，卻是在酒肆中見過的華大、白堯夫和史九哥等人，剛才開口的正是華大。這群人見到船上的文素和岸邊的張潔，都是一呆，史九哥奇道：「小女娃兒，妳不是被他們抓住了麼？」白堯夫也問道：「妳怎能跑到這兒來？」

文素還未及回答，張潔已開口問道：「這究竟是怎麼回事？」

第十六回　窮追不捨

眾人互相望望，想起自己在趙真遇敵時捨她而逃，都不禁甚感慚愧，華大咳嗽一聲，說道：「天門陸鴻運和陸廣運兄弟來到酒肆，這個嘛，他們宣稱找到了趙老闆的把柄，說她便是往年名噪一時的『無影神盜』，證據確鑿，不容她抵賴。這回陸大爺親自出馬，便是專為擒拿她而來的。」

張潔皺眉道：「無影神盜？他們說趙老闆是無影神盜？陸鴻運也來了？」

白堯夫道：「是啊，趙老闆見無從抵賴，自己便也承認了。姓陸的手下和那幾個侍衛便要抓她去京城交差。」

文素忙問：「真姊她人呢？」

華大與白堯夫等對望一眼，心中都想：「我們任由姓陸的對付趙老闆孤身一人，棄她而去，未免太過窩囊，怎能當眾說出？」

華大當下開口說道：「趙老闆麼，她已經死啦！」

文素一聽真姊已死，砰一聲摔倒在船板上，昏了過去。華大臉上一紅，幸而在黑夜中，旁人也看不見，又加了一句：「她是自殺身死的。」

張潔忙跳上小船，扶起文素，伸手去捏她的人中，將她救醒。文素一醒來，便放聲大哭，叫道：「真姊，真姊！」

華大聽她哭得傷心，心中微慌，支支吾吾地道：「我們見她這個……這個……畏罪自殺，也只好拍拍屁股走人了。唉，這是誰也料想不到的事。」

張潔抬頭望向華大等人，還待再問細節，忽聽腳步聲響，遠遠但見一群十多人向著岸邊跑來。華大等心中有數，知道多半是陸家的人發現文素逃跑，趕來抓她回去了。但聽她哭得悲慘已極，心中都又覺慚愧，又覺不忍，白堯夫搶先道：「張少俠，你快帶小文素開船逃跑罷，陸家的人追上來了！」

史九哥也道：「這兒我們替你擋著。」

華大道：「你們快去，這些人心狠手辣，定會出手對付這小女娃。你們能逃多遠便逃多遠！快走！」

張潔聽來人不少，又知道陸鴻運不是好對付的，當下一拱手，說道：「有勞各位！」一躍上船，拿起船槳，便將船往下游划去。

但聽岸邊人聲越來越響，文素止了淚，咬著嘴唇，轉頭不肯望向岸邊來追她的陸家眾人。在她小小的心目中，這些都是壞人，他們害死了真姊，她在這世界上唯一的依靠，唯一的親人。但她不懂得仇恨，除了傷心難受之外，只覺得他們蠻不講理，可惡可厭，卻不曾生起報仇這等念頭。她耳中聽得人聲不斷，那些人似乎正與華大等人周旋。她心中只想：「我不要見你們！我不要見你們！」

張潔的心思自比她成熟老練百倍，他見陸家眾人不肯放過這個小女孩，猜想其中必有隱情；若果如華大等所說，趙真便是無影神盜，並已自殺身死，陸家又為何要追捕這女孩兒？他心想華大等應能在岸邊阻擋眾人一陣，當下使勁撥槳划船，開口問道：「文素小姑娘，妳可知道他們為甚麼要追妳？」

文素搖頭道：「我不知道。」

張潔心中一動，問道：「可是因為妳真姊有甚麼祕密的藏寶庫，或有大筆錢財收在何處，他們想要從妳口中探知？」

文素又是搖頭，說道：「甚麼藏寶庫，大筆錢財？真姊手頭一有錢，便拿去接濟窮苦人家，我們從來都只是夠吃夠穿而已。我真姊才不是甚麼盜匪，他們全是胡說！」說著眼眶一紅，又簌簌掉下淚來。

張潔一時想不明白，他對陸鴻運兄弟原本無甚好感，知他二人表面上是正道人物，名聲響亮，但他曾從黑道口中聽聞不少關於二人品行不端的流言，師父也曾訓誡門下弟子勿要與之交往。他雖不願公開與陸家眾人作對，但此刻為情勢所逼，已是騎虎難下。他低頭望向文素，但見她淚眼汪汪，雙手緊緊互握，顯然心中彷徨悲痛已極，心想：「我可不能讓他們傷害這個小姑娘！」

他將船划出一陣，回頭望去，未見追兵趕上，略鬆口氣。他低下頭，見文素已靠著船舷睡著了，頰上猶自帶著淚痕。張潔望著她的小臉，心中不禁暗想：「這個小女孩兒，可有多麼稚嫩單純！」又見她身形瘦弱，在夜風中顯得更加單薄，便取過她落在一旁的外衣，替她蓋上了。

他又划了半夜的船，才停手歇息。此時大半夜過去，東方天色漸白。張潔心中一動，回頭往上游望去，遠遠但見七、八艘大小船隻正緊追上來。張潔暗罵一聲，知道自己這艘船小，無法快駛，遲早會被追上，心想：「此時再逃也無用，不如便將話說清楚了。」便不再划槳，停在當地等候陸家眾人追上。

當先一艘小船快速趕上，船頭站著一人，一身長袍，正是陸鴻運。他見到張潔和文素，微微一呆，隨即呼喝船夫迎將上去，將船划到張潔的小船之旁。

張潔凝望著他，說道：「陸大俠，你對這小姑娘窮追不捨，究竟是為了甚麼？」

陸鴻運哈哈一笑，說道：「閣下想必便是點蒼小劍客張潔張少俠了。張少俠是爽快人，我便也直言不諱了。那杏風酒肆乃是個強盜窟，趙老闆便是往年惡名昭彰的無影神盜。老夫此番專來拆穿她的假面具，將她抓去京城繩之以法。你是正派武林弟子，想必不會阻擾老夫罷？」

張潔沉吟道：「趙老闆是不是無影神盜，我怎能聽你一面之辭便相信？你有何證據？」

陸鴻運臉色一沉，說道：「真人不說假話，你又何必跟我裝糊塗？我知道趙老闆是被你救去了，只沒想到你連這小姑娘也一併帶走了！」

張潔冷冷地道：「你在胡說些甚麼？睜眼瞧瞧罷，趙老闆在我這船上麼？」

陸鴻運老早看見船上只有張潔和文素二人，但他明明聽見張潔在酒肆門外出聲說話，認定趙真是被他救去了，只不知張潔將她藏去了何處。陸鴻運轉頭望向文素，這時她剛剛醒轉來，頭髮散亂，晨曦之下但見她臉色蒼白，眼神中卻帶著一股奇異的鎮定和堅毅，面目間竟有七、八分女兒陸少菁的影子。他心中一震，殺念已動，向張潔道：「張少俠，你讓這小姑娘過來，我有幾句話要問她，不會傷害她的。」

張潔轉頭望向文素，文素抬頭大聲道：「你害了真姊，我不跟你說話！」

陸鴻運嘿了一聲，斥道：「好倔強的娃子！」忽然躍上張潔的船頭，長劍陡然閃出，直取文素咽喉。文素只見眼前白光一閃，還來不及驚叫，但聽張潔喝道：「好賊子，下這等殺手！」揮劍格開了陸鴻運的攻招，將他逼得倒躍回去自己船上，接著叮噹之聲連響，張陸二人各自站在自己船頭，揮劍交起手來。

第十七回 激流之中

文素雖常在酒肆外見人施展武功，偶爾也見人比武對劍，卻哪裡見過如此激烈驚險的相鬥？但見陸鴻運使劍既快且狠，招招取敵要害；張潔的長劍卻如一圈白光，將攻招一一擋去，並伺機反攻。陸家劍法以狠辣為主，張潔的點蒼劍法卻長於輕靈快捷，兩人在船頭各自施展絕技，兩柄劍在昏暗的晨曦中閃出一片片銀光。

文素縮在船腳，心中甚為張潔擔憂。即使她不懂得武功劍法，也能約略看出陸鴻運佔了上風，張潔多取守勢，難以反攻。更且周圍其他船上還有十多名陸家的子弟幫手，儘管許多身上頭上都包紮了白布，似已受傷，但畢竟人多勢眾，張潔就算能打敗陸鴻運，又怎能對付這許多人？

又過了數十招，張潔長劍漸漸施展開來，攻招增加，逼得陸鴻運退了一步。陸鴻運心中焦急，心道：「點蒼松風劍果然不是易與的！只沒想到這小毛頭已有這等造詣！」又過數招，他知道自己不能在百招內取勝，瞥眼見到文素坐在船腳，心中一動：「他不會不顧小女娃的性命！」忽然出劍，直向文素斬去。張潔忙揮劍格開，罵道：「卑鄙！」

陸鴻運喝道：「這小娃子是無影神盜的幫凶，今日得一併除去了！志雄，去將這女娃兒殺了！」他的大弟子鞏志雄立時躍上張潔的小舟，拔劍向文素刺去。

張潔不料他竟如此不顧身分，使出這等陰狠手段，只能出劍攔阻鞏志雄的長劍，喝道：「你們要不要臉？如此對付一個小女孩兒！」猛然一劍橫劈而去，將鞏志雄逼得後退兩步，鞏志雄腳下一個不穩，仰天跌入江水之中。

便在此時，陸鴻運哈哈一笑，說道：「倒下罷！」伸劍刺向張潔左肩，張潔分心保護文素，不及擋避，肩頭一麻，已被陸鴻運的劍氣點中了穴道。他摔倒在船板上，只覺半身痠麻，無法動彈，心想陸鴻運下一劍定會取己性命，忽覺船身劇烈晃動，卻是文素及時抓起了船槳，用力一扳，將船蕩了開去，離陸鴻運的船有數丈之遠。

陸鴻運一心要結束他二人性命，叫道：「船家，追上去！」那船家卻道：「陸大爺，前面左叉河道通向猛虎灘，滿是暗流漩渦，可進去不得啊！」

陸鴻運放眼望去，果見前面水流轉急，黑色暗礁遍布。此時張潔和文素的船已向著那河叉蕩去，陸鴻運心中一動，伸手提起船錨，向著小船擲去。但聽砰的一聲巨響，船錨落處，將小船的船舷打得稀爛。小船此時已駛入猛虎灘的急流，船舷一毀，船身霎時失去控制，在水中不斷打轉。文素驚叫起來，張潔也不禁臉上變色。

此時陸鴻運的船也將進入急流，船家叫道：「靠得太近，出不來了！這船太小，陸大爺，咱們得換船！」當下吹號角喚了一艘大船駛近，一行人趕緊跳上大船去，捨棄了小船。水流湍急，那小船立時被水流捲向下游去了。

陸鴻運眼見張潔和文素的小船已深陷險灘，在激流中不斷打轉，轉眼便會沉沒，心中甚喜，揮手道：「咱們繞道去下游瞧瞧！」

此時天色已然大明，張潔和文素的小船被江浪推著向前轉去，眼見就將撞上一塊黑色大石。文素驚道：「要撞上石頭了！」

便在此時，一艘大船急速駛來，船上站了三人，卻是龍幫的史九哥等人。史九哥揮手高叫道：「文素，快！快跳過來！」

張潔眼見情勢危急，叫道：「文素，妳快去，不必管我！」

文素卻不願獨自逃生，趕忙俯身去抱張潔。但她人小力弱，大船時遠時近，小船又不停地打轉，她絕不可能抱著張潔一同跳上大船。

史九哥等急得高聲大叫：「快啊！就要來不及了！」

文素小臉漲得通紅，抬頭望望史九哥，又望望張潔，搖頭道：「我不逃，我不能丟下他！」忽然雙手用力，抱緊了張潔的腰際，湧身跳入水中。張潔一呆，但覺她一手抱著自己的腰，一手在激流中划動，迅捷地游到了一艘船旁，正是陸鴻運方才捨棄的小船。她讓張潔抓住船邊，自己翻身上船，再將張潔拉起。張潔穴道未解，只能躺在船板之上，但見文素小小的身形立在船頭，望著迎面滾滾滔滔的江水，全神貫注地掌舵前行。

文素自幼生長在江邊，雖熟悉水性船事，卻也不曾在這等急流險灘中獨自駕船。她不知從哪兒生出一股力氣，雙手緊緊握著船舵，左彎右避，竟穩穩避開了十多塊巨大的礁石，一轉眼間，小船便度過了猛虎灘。

史九哥等看見她在急流中抱人跳船、掌船過灘，都為她捏了一把冷汗，但見她平安度過危流，都高聲歡呼喝采起來。

張潔心中更是大為驚佩震動，一股不知名的感受竄遍全身。這個小姑娘顯然不會武功，外表弱不禁風，性情天真單純，豈知竟能在危難中展現出這等超人的勇氣能耐！此時小船已駛入較平穩的水面，張潔知道陸鴻運等很快就將追上，說道：「文素，多謝妳！在他們追上之前，煩請妳替我解開被封的穴道。」

文素將船舵綁實了，在他身邊蹲下，說道：「我不懂得怎麼解開穴道，你快教我。」

張潔道：「請妳在我雲門和神藏兩穴上用力按下。」當下指點她雲門和神藏兩穴的所在。文素俯下身，伸手在他的兩個穴道上揉按，但她人小力輕，又沒有內力，按了許久，始終無法解開張潔的穴道，只急得她滿頭大汗。

不多時，小船已來到下游，遠遠但見陸鴻運率領的七艘船也已繞道追到數十丈外。張潔知道陸鴻運有心取文素的性命，說道：「小文素，妳快將船靠岸，自己逃去罷！他們不會傷害我的。」

文素吸了一口氣，說道：「你為保護我才受傷，我怎能捨你而去？」

第十八回 毒龍險灘

便在此時，一艘輕舟從上游如風般駛來，越過陸鴻運等的船隻，來到文素的舟旁。但見船上站了一男一女兩人，男的是個粗豪船夫，女的一身桃紅衣衫，白色長裙，桃紅頭巾，正是葉舟和趙真。

文素看清楚了，大喜過望，又跳又笑，大叫道：「真姊！真姊！妳沒死！」

趙真看到她，也是滿心喜慰，笑道：「我當然沒死，我來找妳啦。」一躍上了文素的小船，伸臂將她擁入懷中。

文素著急地道：「真姊，張大哥被點了穴道，妳快替他解穴。」

趙真俯下身替張潔解了穴，還未及對答，便聽葉舟高聲叫道：「快回來！他們追上來啦！」

果見陸鴻運的船隻漸漸逼近，趙真立即抱著文素跳上葉舟的船，張潔也跟了過來。此時陸鴻運已下令發射暗器，一陣袖箭、飛鏢、菩提子紛紛向著四人飛來。趙真忙讓文素俯伏在船底，自己持匕首將暗器一一打下，張潔也揮劍擊落暗器，護住葉舟。葉舟雙手持槳，急速將船向前划去。

此時水流又轉為湍急，卻是到了下一個險灘——毒龍灘的灘口。葉舟眼見敵船越逼越近，暗器如雨點般襲來，叫道：「我們走險灘，他們沒膽跟上！」

趙真吸了一口氣，說道：「好！我們便闖闖毒龍灘！」

水聲巨響中，葉舟將船往急流中駛去。陸鴻運眼見趙真和文素便在眼前，卻偏偏無法追上擊殺二女，心中大怒，叫道：「他們能去，我們為何不能？追！」

船夫驚道：「大爺，這毒龍灘比猛虎灘還要險，您老莫非不想活了？」

陸鴻運怒道：「你說這是灘險，怎麼方才那女娃的船又能平安度過？莫再廢話，你不追，我立即砍了你的腦袋！」

船夫嚇得不敢再說，只得將船往毒龍灘口駛去。

陸鴻運的船才一進入急流，便感到水勢浩大，船身劇烈震動，數度幾乎被浪頭掀翻。此時這艘船中除了船夫之外，還有陸家兄弟、陸少鴻和鞏志雄四人，不多時眾人身上都已被浪頭打得溼透，伸手緊緊抓住船舷，才沒給震得飛出船去。

那船夫早已慌了，左右扳槳，卻哪裡能控制得了船身？陸廣運首先怕了，叫道：「大哥，我們回頭罷！」

陸鴻運怒道：「放屁！我不追上她們，死也不回頭！誰要回頭，自己游回去！」此時水聲極響，他這一聲「放屁」卻更加響亮，只震得眾人耳鼓嗡嗡作響。眾人哪敢再說，陸少鴻臉色蒼白，緊緊抱著父親的大腿，縮在船角，鞏志雄則緊閉雙眼，牢牢抱著船桅，打死也不肯鬆手。

前面葉舟穩穩地掌著船舵，叫道：「再不多遠，有個瀑布，大家莫慌，我有辦法逃生。」從船尾抓起一盤船繩，要趙真和張潔綁在腰間，趙真又替文素也綁上了。葉舟道：「前面有棵伸出河面的大樹，我將繩索甩出捲上大樹，大家聽我號令，一起捨船跳河。」

三人知道此舉極險，一不小心便將喪命，都凝神以待。果然航出一陣之後，遠遠便見河面突然消失，只見到一條直線，小船被滾滾江水推得直往那盡頭衝去。便在此時，但見一株老樹幹自岸邊伸出，轉眼便到了各人頭上。葉舟叫道：「抓緊繩子！」揮手甩出繩索，捲在大樹之上，四人同時躍起，扯著繩索蕩上岸邊。

張潔低頭望去，只見那船翻過邊緣之後，便筆直向下跌落，轉眼便被瀑布沖得不見影蹤，饒是他素來膽大，也不禁心中怦怦而跳。

陸鴻運遠遠望見，心中大驚，想找繩索卻已不及，高聲叫道：「前面危險！」

陸廣運往前望去，叫道：「咦，河面怎地消失了？」

船夫大驚叫道：「是瀑布！完了，完了！」

叫聲未了，船已被急流捲到瀑布邊緣，但見那瀑布直直落下，足有五十丈高，瀑布下亂石密布，船這麼落下去，非摔得粉碎不可。陸鴻運當機立斷，叫道：「跳船！」當先跳下，使出千斤鼎功夫，定在水中的一塊大石之上。陸廣運也拉起兒子，跟著跳出，他功力不及兄長，腳下一滑，險些往瀑布衝下。

陸鴻運伸手抓住了兄弟的手臂，助他穩住腳步。鞏志雄因緊緊抱著船桅，來不及跳船，驚呼一聲，跟著那船一起跌落瀑布。但聽鞏志雄和船夫慘叫不絕，混在澎湃的水聲之中，之後陡然靜下，陸家三人聽了，都不禁臉上變色。此時三人站立在急流之中，自身不保，一個失足，便是同船夫和鞏志雄一樣的命運了。陸鴻運吸了一口長氣，叫道：「緊緊抓住我，往岸邊走去！」

陸廣運一手抓著兄長，一手拉著兒子，口中滿是河水，更無法回答。陸鴻運一步一步往河岸走去，每步都極緩極沉。水中石頭滑溜難行，水流又快又勁，但他憑著高深內功，竟帶著兄弟和姪子穩穩上了岸。此時陸少鴻早已昏了過去，陸廣運則趴倒在地上不斷嘔水。

陸鴻運喘了幾口氣，快步奔向那株突出的大樹，尋找四人的蹤跡，但四人早已去得遠了。陸鴻運怒不可遏，咬牙切齒地道：「四隻小賊，你們逃不遠的！遲早會落入我的手掌心！」

第十九回 患難相依

卻說趙真等逃離激流之後，葉舟便領著三人鑽入山林。趙真腿傷不輕，行走艱難，文素扶著她行了一陣，便再也走不動了。葉舟回頭望見，二話不說，上前矮身揹起了趙真，續向前行。

文素和張潔跟在葉舟之後，並肩而行。文素一路上一聲不出，張潔側頭望向她，見她臉色蒼白，一雙清亮的眼睛始終望著葉舟背上的趙真，關切依戀之情展露無遺。張潔一眼就看明白了這小女孩兒的心思。她自幼跟著趙真長大，趙真於她如母如姊，方才她誤信趙真已然死去，曾痛哭一場，現在見到她的真姊雖並未喪命，但身受重傷，直比她自己受傷還更令她難受。這個單純的小女孩一定不免又擔心起來：真姊的傷沒事麼？她能撐下去麼？真姊不會再次離開我罷？……

張潔望著她的小臉，幾綹漆黑的溼髮黏在頰旁。他想起了很久以前曾聽人說過，說女孩兒家是水做的。他從來也不明白這話的意思，只一笑置之。但在這薄霧圍繞的清晨，在這葉蔭低垂的樹林中，張潔忽然明白了：像文素這樣的小姑娘就是水做的。她的心思清澈透明得如一池清水，讓人看得一清二楚，一目瞭然；她的每一滴淚水都是從她柔軟善良的心頭化出來的，讓人為之酸楚低迴；而她今晨在江上展現出的驚人勇氣，不肯捨棄自己獨逃的義氣，又如滔滔江水一般宏大壯闊，令人不得不讚嘆折服。

張潔吸了一口氣，眼光落在伏在葉舟背上的趙真。是怎樣一個女人，能教出這樣一個清靈脫俗的女孩兒？他見到趙真不時與葉舟低聲談論路徑方向，也不時回頭望向文素，並向自己投以感激的微笑。張潔不知道趙真和葉舟是甚麼關係，他只隱約記得曾在酒肆中見過這個膚色黝黑的撐船漢子。如果趙真果然便是無影神盜，那葉舟想來也不是白道上的人物。張潔直覺認為他們是一條路上的人，都是遊走在正邪之間的奇人異士。

走了約莫半個時辰，文素已是氣喘吁吁，越走越慢，落在後面。趙真見了，說道：「文素累了，我們休息一會兒罷。」

文素靠著樹幹坐下了，一邊按摩自己的腿，一邊閉上眼睛歇息。

張潔來到趙真身前，說道：「趙老闆，在下有兩個問題想請教。」

趙真抬頭望向他，又望了坐在數丈外的文素，說道：「張少俠請說。」

張潔凝望著她，說道：「妳果真便是無影神盜麼？陸鴻運為何要追殺文素？」

趙真點了點頭，又搖了搖頭，說道：「不錯，我就是無影神盜。」頓了頓，又道：「至於你的第二個問題，我不知道答案。」

張潔望著她的臉，他知道趙真老實回答了第一個問題，卻迴避了第二個問題。這也不要緊，不管陸鴻運為何要追殺文素，他早已打定主意，自己定要保護這個小姑娘到底。

一行人休息一陣之後，又在山林中走了一個多時辰，來到江邊的一個小鎮。

葉舟道：「這是豐台渡口。從此處上船，順流而下，可接到長江主流。我們立即出發，他們至少要兩日後才能追上。」

趙真點了點頭，轉身向張潔行禮，說道：「張少俠，大恩不言謝，我們就此別過罷。」

張潔微微一呆，隨即明白，她不讓自己相隨保護，乃是因為自己是正派弟子，師門嚴謹，不應與黑道上的人物打交道，才先行謝卻。他甚為趙真的風度所感動，心想：「我要保護她們，也不必跟在她們身旁。」當下向趙真抱拳行禮，二話不說，轉身便行。

文素望著張潔的背影，眼中有些依戀，也有些悵惘。她轉頭望向趙真，輕聲喚道：「真姊！」

趙真伸手摸摸她的頭髮，說道：「各人有各人的路。張少俠跟我們不是同路的人，只是萍水相逢罷了。乖孩子，以後妳跟真姊的路也會不同的，到時說不定我們也得分道揚鑣呢。」

文素緊緊抓著她的手，依靠在她身邊，著急地道：「真姊，妳不要亂說，我們的路不會不同的！」過了一會兒，又小聲問道：「真姊，甚麼是『分道揚鑣』？」

趙真忍不住笑了，伸臂將她摟在懷中。

葉舟望著張潔離去，直到他消失在林間小道之上。他默然半晌，才道：「咱們上路罷！」

他領著趙真和文素來到豐台渡口旁的小鎮，買了一艘船，又置辦了清水乾糧等物，打點停當，便向二女道：「妳們這就上船起程罷！」

趙真一怔，說道：「你不跟我們去？」葉舟道：「我原本打算跟妳們去的，但我不想看那點蒼弟子一個人去送死。」

趙真登時會過意來，說道：「是了，他定是打算守在路上，攔住那姓陸的。」葉舟道：「我正是如此猜想。妳帶文素走，我去助他。」

趙真沉吟道：「你們就算聯手，只怕也不是姓陸的對手。若加上我，或許可以一拚。」葉舟搖頭道：「不，文素需要妳保護。」

趙真道：「若攔住了他，自能保得文素平安。」

葉舟道：「我們不求攔下他，但求能阻他一陣。若不成，還有妳帶著文素躲避。」

趙真聽他所言有理，一時猶豫不決。

文素在旁聽著，忽然插口道：「真姊，張大哥一個人去攔阻壞人，多麼危險！我們去幫張大哥，好不好？」語氣十分懇求。

趙真轉頭向文素望去，見她小臉滿布焦急不安，若有所思，吸了一口氣，臉上露出笑容，說道：

「好，文素，就聽妳的！」

第二十回 情之為物

而張潔與趙真等告別後，便沿江上行，緩緩活動筋骨。他在江上被陸鴻運以劍氣點中了穴道，此時穴道雖已解開，肩頭仍感到有些麻軟。他走出一陣，決定坐下調息，便在一株大樹下盤膝坐好，緩緩運氣在體內遊走。直到氣脈通順了，他才吐出一口長氣，開始回想昨夜發生的事。

這是他出道以來最驚險的一場拚鬥。若非文素的沉穩勇氣，自己當時穴道被點，躺在船板上動彈不得，遇上那猛虎險灘的急流，定會被甩下船去，讓滔滔江水給吞噬了。

他回想當時情境之險，不禁深深地吸了一口氣。自藝成下山以來，他便是這孤傲不群、獨來獨往的性子，憑著機警武功，總能脫離危境，佔到上風。他的師父離囂觀主許飛子對他十分讚賞鍾愛，說他有著與自己年輕時相似的傲氣和決斷。張潔不知道師父年輕時是怎樣的一個少年，步入中年的許飛子已是個出家多年、沉穩安逸、無欲無求的離世高人。但是他曾聽好友小三兒凌昊天說起，師父年輕時曾有過一段傷心的往事；小三兒也不知道詳情，只知道和一個女子有關。

張潔曾追問：「那女子後來如何了？」小三兒答道：「她自殺死了。」張潔又問：「她為甚麼自殺？」小三兒搖頭道：「我不知道。我爹爹告訴我，許三叔叔就是為了她的死，才傷心出家的。」

張潔聽了，默默點頭，心中卻並不十分相信淡泊出世的師父曾為一個女子動心，更遑論為她傷心了。

他回想起自己十八歲那年，聽聞銀瓶山莊蕭大小姐廣開莊門，向天下少年英雄招親，他曾憑著一股豪氣和好奇之心前去天目山闖關求親，一心想見識見識這位名動江湖的天下第一美女。最後因他不諳音律，功虧一簣，讓小三兒拔得了頭籌。

他求親不成，也未能見到蕭大小姐的面，卻結識了石珽和小三兒這兩個好朋友。許多年過去了，石珽青年早逝，他仍不時與小三兒相聚飲酒，聆聽小三兒爽朗的笑聲，卻不敢觸及他深藏在心底的悲痛。都是為了一個「情」字，張潔心想，一個我永遠也不會明白的字。

然而或許他就將明白這個字了；這個曾令師父和小三兒這些英雄豪傑悲痛逾恆、不能自已的「情」字。

張潔甩開小文素的面容，深深地吸了一口氣，心頭湧上一股難以言喻的充實和堅定。他起身而行，來到江邊的一個市鎮上。

但見鎮上竟有許多武林人物，其中有峨嵋派的僧人，也有武當派的道士和其他門派的弟子。他甚覺奇怪，向人打聽之下，才知道這些都是赴嵩山少林正派武林大會的各派弟子，因前幾日大雨不止，都停留在了此地。他心想：「此處是江邊大鎮，陸家眾人要往下游追去，多半會經過此地。我不如便在此地等候。」當下在鎮上走了一圈，將近午時，來到鎮上最大的一間酒樓打尖。

才走上樓，果然便見陸家眾人坐在一張大桌旁，同桌的還有一個黃衣僧人，張潔認出是峨嵋派的無火大師；另有一個中年道士，卻是武當派的周沐風道長。旁邊還有不少武當和峨嵋派的弟子，無火和周沐風顯然是武當和峨嵋兩派赴少林正派大會眾弟子的首領。

眾人見張潔上樓來，都轉頭向他望去。張潔見眾人神色間頗有敵意，心中一凜。果聽陸鴻運笑道：「說曹操，曹操便到。無火大師、周道長，這位便是在下跟各位說起的點蒼小劍客張潔張少俠。」最後那「張少俠」三個字拖得長長的，滿是揶揄的意味。

點蒼近年來雖與正教各門派少有來往，畢竟還是武林一脈，張潔當下向無火大師和周道長行了禮，說道：「無火師兄、周師兄，小弟張潔有禮。」

無火和周沐風年紀都比張潔大上許多，但聽他以平輩相稱，微微一怔，隨即想起他的師父點蒼掌門人許飛子與自己的師父齊名，他稱自己為師兄原屬應當，便只冷冷地回了禮。張潔看二人的臉色，猜想陸鴻運定已在二人面前說了不少自己的壞話，心中火起，卻也不發作，只在旁邊一張桌子坐下了，靜觀他們打算如何對付自己。

卻聽陸鴻運道：「無火大師、周道長，兩位是武林名宿，正派中數一數二的高手前輩，今日承諾相助在下追捕奸人，在下感激不盡。點蒼一派原也是正派中的一股勢力，只可惜門中出了不肖子弟，幹下那敗壞門風的勾當，令人好生惋惜。」

張潔揚眉道：「請問陸大俠，我們中有甚麼不肖子弟，幹下了甚麼敗壞門風的勾當，還請明言。我點蒼一派的名聲，不容你隨口汙衊！」

陸鴻運哈哈一笑，說道：「張少俠何必作賊心虛？閣下年紀輕輕，犯下錯事，只要能真心懺悔，改過自新，總有一條明路可行，又有甚麼大不了的？我明白，所謂人不癡狂枉少年，那趙老闆年華雖老，但貌如天仙，人都說是蜀東絕色，難怪張少俠會為她神魂顛倒，不能自已了。即使得知她過往的種種惡行，張少俠仍不顧義理，竭力迴護，雖是情深意重，卻未免太過意氣用事。老夫年紀癡長你幾歲，說句肺腑之言：你沉迷美色，不能自拔，不只將毀掉自己的大好前程，更要損害了貴門的清譽。這其中的利害關係，還請張少俠三思。」這番話說得甚是誠懇，便如一位長輩教訓後輩一般，武當峨嵋各人聽了，都微微點頭，望向張潔的神色中便帶著幾分輕視訓誡之意。

張潔冷笑一聲，說道：「我與趙真趙老闆只有一面之緣。你要胡亂誣陷，編造故事，也由得你。我只問你，你要抓趙老闆便罷，卻為何不肯放過杏風酒肆中那個手無縛雞之力的小姑娘，對她數次狠下殺手，定要置她於死地？」

陸鴻運裝出驚訝的表情，說道：「甚麼小姑娘？你在說些甚麼，我可半點也不明白。喔，是了，你是說在酒肆裡端盤子的那黃毛丫頭麼？我陸鴻運是甚麼人，怎會對一個小娃子動手？我讓弟子去擒住她，不過是想保護她，免得她在雙方惡鬥中受傷。我原打算擒住這小娃兒，令趙老闆乖乖就縛，省得她出手殺傷我派弟子，多造惡業，也是出於好意。周道長、無火大師，兩位素知老夫的為人，應當不會對此有所懷疑才是。」

第二十一回 比武之約

周道長和無火大師久聞陸鴻運的名聲，自都相信他不會對一個小女娃出手，當下向張潔望去，眼神中頗有責難之意。

張潔嘿了一聲，站起身來，執起長劍，說道：「咱們各說各話，如何能辯白是非曲直？不如你我便在武當峨嵋兩位師兄面前再戰一場，公平對決，在劍下分個輸贏是非！」

他說出「公平對決」四字，自是諷刺陸鴻運在船上對敵時使出卑鄙的手段，派弟子出手攻擊文素以令自己分心，藉此小勝一著。

陸鴻運卻連連搖頭，臉現不以為然之色，說道：「閣下已是我手下敗將，以老夫的身分，若再次出手傷你，如何說得過去？」

張潔素來心高氣傲，從不肯在他人面前低頭，此刻陸鴻運在眾人面前不斷譏刺中傷於他，如何能忍得？伸手握住劍柄，走上一步，說道：「陸大俠既說贏得過在下，如何不敢再次與在下動手？」

無火大師見兩人一說即僵，就要動起手來，便起身開口道：「阿彌陀佛！張少俠，此中是非對錯，有我二人在此，自能分說明白，何須急著動手？」

周沐風也道：「陸大俠畢竟是武林前輩，你如此向他叫囂挑戰，未免太過狂妄無禮，失了後輩的規矩。依我說，陸大俠和張少俠兩位都暫且息怒坐下，讓我二人來分辨曲直。」

張潔望向二人，肅然道：「兩位師兄是武當峨嵋兩派的高弟，自當知曉點蒼一派的門規。家師管教門下極為嚴格，門下弟子行為若有半絲不檢點，立即嚴加處罰，輕者逐出門戶，重者當場處死。在下是家師座下大弟子，出道已有十年，在江湖上一切行事，無不以點蒼門風為念，以武林正義為心。兩位竟然聽信這姓陸的胡言亂語，以為在下確是他口中所說輕佻無行的子弟，也未免太看不起我點蒼一派了。兩位若堅持要在此主持正義，便是瞧不起在下，瞧不起家師和我點蒼一派。兩位若還有話要說，便先來會會在下手中的長劍！」

點蒼門主許飛子這數十年來雖少出江湖，在武林中的地位和名聲卻極高，無火和周沐風聽張潔這番義正辭嚴之語，都不敢褻瀆了，對陸鴻運的信心便有些動搖。

張潔卻不知，陸鴻運生怕趙真已將女兒陸少菁身死的前後告訴了張潔，張潔有可能在眾人之前說出此醜事，因此才預先大大破壞張潔的名譽，讓人不會相信他的言語。但他所述未免誇大，無火和周沐風聽時甚是驚奇，以為點蒼出了一個大大的敗類，頗有點兒幸災樂禍，見獵心喜。此時見張潔正氣凜然，理直氣壯，都不禁暗暗對陸鴻運的言語生起懷疑。

張潔見無火和周沐風不再出聲，更不理會二人，逕自走上前，長劍出鞘，指著陸鴻運，說道：「出手罷！」

陸鴻運原想仗著武當峨嵋兩派的人攔住張潔，卻沒想到張潔更不將這些人放在眼裡。他心中急速動念，說道：「動手是可以，但這是為何而戰？追捕大盜趙真，乃是替天行道，我可不會因你出手阻擾，便輕言放棄。」

張潔道：「你要追捕無影神盜，那是你的事。我只要你解釋為何對杏風酒肆的小姑娘窮追不捨，定要取她性命，並要你承諾此後絕不傷害她。」

陸鴻運心中轉念：「他多半仍不知道少菁的事。我便輸了，只消隨口編出一個故事搪塞過去便是。我繼續追捕趙真，那女娃定也跟她在一起，我到時悄悄解決了她，他又怎會知道？」當下道：「好！我便應允你。此處不是動手的地方，不如我與你約定，未牌時分在鎮口廟前廣場決鬥，如何？」

張潔道：「就是如此！」還劍回鞘，轉身下樓而去。

陸鴻運對無火和周沐風二人甚是惱怒失望，但又不能失了禮數，強壓怒氣，向二人抱拳道：「這場比試，定要請兩位前去觀看，以示公正。」

無火和周沐風都有心一觀這場決鬥，看看陸家劍法和點蒼古松劍究竟何者高明，便道：「這個自然。我等一定按時到場觀戰，為兩位的比試擔任公正。」

陸鴻運心想張潔既然在此，趙真和文素想來也已脫險，或許便在左近，更無心神敷衍無火和周沐風二人，又喝了一杯酒，便向無火和周沐風告辭。二人估量他在決鬥前必得養精蓄銳，做好準備，便也沒有留他。

陸鴻運心中盤算著該如何派遣弟子跟蹤張潔，如何在鎮上鎮外搜尋兩個女子，如何避免這場決鬥，匆匆離開酒樓，更未注意階梯邊上蹲坐著一個漢子，頭戴斗笠，遮住了面目。這人衣著形貌便如個尋常的撐船漢子，正是葉舟。

葉舟早已來到那酒樓一陣子，將眾人的對答都聽在耳中。他料想陸鴻運沒有十足的把握打敗張潔，決不肯在武當峨嵋眾人面前與張潔動手，定會在決鬥之前使出奸計。他心中轉念，待陸鴻運等人走後，便離開酒樓，與趙真會合，告知方才所見。

趙真道：「若是公平決鬥，張少俠應不會落敗。但姓陸的若設下陷阱偷襲，張少俠便不是對手。」

二人商議一陣，分頭去鎮上窺探情況。果然不出二人所料，陸鴻運才離開酒樓，便指揮門人弟子在鎮外設下陷阱，並派人跟上張潔，將他引到鎮外。葉舟和趙真得知後都不禁皺眉，心想：「姓陸的竟然如此不擇手段，此時已近未牌時分，他竟敢背著武當峨嵋眾人，先對張潔下手！」

葉舟心下已有計較，說道：「妳們等我一會兒。」快步向著之前陸鴻運去過的酒樓奔去。

半炷香後，葉舟回來，向趙真點了點頭。他無須細說，趙真便已猜知他去做了甚麼，二人相視點頭。他們生怕張潔著了陸鴻運的道兒，當即帶著文素趕到鎮外。

第二十二回 林中惡鬥

行不出三里，放眼便是一片樹林，綠油油的樹葉在雨後初晴中，閃著碧綠色的光澤。三人才進入樹林，便聽得兵刃聲響，林中顯然有人在打鬥。葉舟露出憂色，快步循聲而去，卻見一群人聚在一個溪谷之前，正是陸家眾人和張潔。

但見張潔孤身一人，背著溪谷而立，沒有退路，情勢甚危；陸家眾人將他團團圍住，陸鴻運正揮劍與他纏鬥。張潔臨危不亂，使出師傳的古松劍法，劍尖如點點自松間灑下的碎陽，迅捷而耀目，並不落下風。

陸鴻運知道己方已將張潔困在此地，遲早能收拾下他，正好整以暇地與他對劍，口中不斷出言譏刺取笑。張潔更不出聲回答，只凝神對敵。

轉眼過了五十餘招，二人不分上下。陸廣運在旁觀看，忽然悄悄拔出長劍，趁張潔背對自己時，陡然出劍，直取張潔背心。

張潔感到背心一涼，登時警覺，他反應奇速，立即一個縮背，一個側身，險險避過了陸廣運的偷襲。陸廣運更不停手，兄弟二人繼續夾攻張潔，另有兩名弟子持劍候在一旁，伺機出劍偷襲。

文素見張潔在二人圍攻之下險象環生，不禁小臉發白，轉頭望向趙真。趙真點了點頭，握住她的手，低聲道：「妳躲在這樹叢之後，千萬不要出來，也不要出聲，知道麼？」文素點了點頭。

趙真抬頭與葉舟對望一眼，都知道是必須出手的時候了。葉舟道：「我先去。」從樹叢中悄悄掩上前，一躍而出，揮船槳攻向陸廣運的背心。這一招極為狠辣，陸廣運聽得風聲，連忙回身招架，只聽噹的一聲，長劍竟被船槳打飛了去。

陸廣運連退幾步，怒斥道：「從後偷襲，好不要臉！」

葉舟笑道：「只不過是學學陸二爺的手段罷了！」持槳搶攻上去，旁邊的兩名弟子忙衝上前攔住，陸廣運喘了幾口氣，從弟子手中接過另一柄長劍，也加入圍攻，喝道：「讓我收拾了這船夫！」

陸鴻運見葉舟忽然現身，臉色微變，隨即認出他便是幫助二女逃走的撐船漢子，心中一喜，心想：「這最好了，不用我去找你，你便自己送上門來！」揮手道：「將這廝拿下了！」

趙真從樹叢中望去，但見葉舟使的武器乃是兩柄鐵船槳，沉實厚重，揮舞成一團黑影護衛在身周，暫時纏住了陸廣運和兩名弟子，讓張潔能夠單獨對敵陸鴻運。不多時，又有兩名弟子加入戰局，葉舟只靠著膂力強大，揮舞鐵槳讓敵人無法近身，武功畢竟不強，在五柄長劍的凶狠劈刺之下，轉眼便左支右絀，無法招架，左手腕不防中劍，一柄鐵槳脫手飛了出去。

趙真心中焦急，再也無法猶疑，輕嘯一聲，也從樹叢後躍出，揮動匕首闖入戰局，接過了三名弟子的攻招。她腿傷不便，只能站在當地與敵周旋，無法移動，不多時便落了下風。

此時張趙葉三人在林中與陸家眾人纏鬥，以寡敵眾，過了數十招，漸感不敵，三人心中都清楚，這麼長鬥下去，己方勝算極低，全看張潔能否在趙真和葉舟擋住其餘陸家子弟的短短幾刻之中，殺傷陸鴻運。

正鬥得激烈時，忽聽一聲女子的驚呼，趙真心中一跳，連忙回頭望去，卻見陸少鴻抓著文素的手臂，揮劍抵在她頸中，臉上滿是奸笑，叫道：「立即投降！不然這女娃便沒命了！」原來他見趙真到來，猜想文素定也跟了來，便帶人去附近樹叢中搜索，果然找到了她。

張潔見文素被陸少鴻捉住，怒喝道：「無恥！」

陸鴻運大喜，喝道：「姓張的小子，還不快棄劍認輸？我數到三，你再不棄劍，這女娃便要血濺當場了！」

張潔望向文素，但見她清亮的雙眼直望著自己，神色堅決，微微搖頭。她雖未出聲，他卻已明白了她的意思：她不要他因顧念她而投降。張潔心中一酸，暗想：「當時在急流之中，她不肯捨棄我而逃命，我又怎能捨棄她而求生？」當即手一鬆，長劍跌落在地。

陸鴻運沒料到他如此輕易便棄劍投降，喜出望外，連忙衝上前，揮劍在他腿上肩上連斬兩劍，大笑道：「好個多情郎君！你不斷與我作對，今日命終於此，也是你咎由自取！」

張潔身上傷口痛極，忍不住跪倒在地，眼光卻始終未曾離開文素的臉龐。但見她雙眉蹙起，緊咬嘴唇，眼中滿是焦急歉疚，更含著一股深深的依戀和關切。

陸鴻運轉頭望向仍與一眾弟子纏鬥不休的趙真和葉舟，冷冷地道：「你們兩個，可玩夠了罷？這世上沒有人能跟我陸鴻運作對！誰妄想阻擾我的事，誰便沒命！趙老闆，好端端的，妳不犯我，我不犯妳。妳好好地開妳的酒肆，我又怎會來拆穿妳的假面具？錯就錯在妳多管閒事，收養了這個女娃兒！」

趙真嘿了一聲，說道：「我愛收養誰，關你甚麼事？你將我們都殺了罷！但我勸你放過這位張少俠。殺死我們幾個無名小卒自是小事一樁，點蒼門人可不是好輕易得罪的！」

陸鴻運笑道：「誰會知道是我殺了他？我將你們全解決了，埋在此地，再回去鎮上廣場赴約，到時武當峨嵋那些人不見張潔出現，定以為他怯懦退縮，不敢赴戰。如此神不知鬼不覺，我怕他點蒼何來？」

葉舟忽然哈哈大笑，朗聲道：「無火大師、周道長，陸家的人是甚麼樣的貨色，兩位可親眼見到了罷？」

陸鴻運一驚，回頭望去，果見林中走出一群人，正是武當和峨嵋弟子，為首的便是無火和周沐風，不知何時已跟來了此地。原來葉舟早料到陸鴻運會使出奸計，事先去通知了兩派，讓他們悄悄前來，親自目睹陸鴻運的奸險惡行。

第二十三回 惡貫滿盈

陸鴻運一時呆在當地，心中急怒交迫，暗想：「要將這些人全數殺了滅口，可不容易。今日既已沒了面子，絕不能再沒了裡子！總要殺了這小姑娘才算數！」揮手叫道：「少鴻，下手！」

陸少鴻手一緊，便要將長劍從文素頸中拉過。

趙真和周圍眾人同聲大叫：「住手！」

但見人影一閃，一人衝上前去，左手抓住了陸少鴻手中長劍劍刃，右掌揮出，打在陸少鴻肩頭。陸少鴻肩頭吃痛，驚叫一聲，往後連退，跌倒在地。

這人正是張潔。他憑著超絕輕功，抱傷躍出，空手抓劍，孤注一擲，救下了文素的一條性命，自己的手掌卻也被劍刃割得鮮血淋漓。陸鴻運反應極快，不等張潔站穩，便已跳上前舉劍相攻，直刺張潔背心。

葉舟看在眼中，立時跨上兩步，揮槳格開陸鴻運的長劍，噹的一聲巨響，劍槳相交，葉舟只覺虎口震得發麻。趙真也已搶上前來，拾起張潔方才扔下的長劍，揮匕首護住文素，將長劍遞給了張潔。

陸鴻運怒道：「通通滾開！」揮劍向葉趙二人斬去。二人武功原本不是他的敵手，登時被他逼得退出兩丈之外。陸鴻運長劍指處，再次攻向張潔。

張潔對此人憤恨已極，長嘯一聲，出手更不留情，使出古松快劍，劍尖發出點點銀光，攻向對手。陸鴻運見他已受重傷，招式力道遠不如前，冷笑一聲，挺劍攻上，心想自己五招之內，必能解決了這小子。

便在此時，張潔左手忽然成掌擊出，陸鴻運見這掌軟弱無力，更不擋架，卻不料張潔左掌被陸少鴻劍刃割出的傷口甚深，這掌一出，傷口中頓時飆出一片血花，正灑在陸鴻運的臉上眼中。陸鴻運一驚，忙持劍護住身周，伸手去擦眼中血水。張潔如何會放過這個機會，運勁一劍直出，刺入了陸鴻運的咽喉。

陸鴻運只道他傷重之下，出劍定然粗疏緩慢，自己擦眼只須一瞬間，不怕他搶攻，怎知點蒼一派最重韌勁毅力，情勢越危，越能展現點蒼劍法的威力，張潔這一劍在極度艱危之下刺出，竟發揮了點蒼劍法的極致，既快又狠，一劍之出，快如電光，迅如流星，陸鴻運雙眼圓睜，喉頭發出唔唔兩聲，緩緩仰天倒下，就此斃命。

張潔仗劍拄地，身上各個傷口兀自流血不止。他抬起頭，冷然望向陸家餘人，說道：「這場決鬥，是誰贏了？」

陸家眾人眼見陸鴻運死在他手下，早嚇得呆了，哪敢回答？

張潔又道：「你們誰不服的，這便上來動手！」

陸廣運素來尊重敬畏兄長，但見他屍橫就地，嚇得魂飛魄散，哪裡還敢跟張潔動手？他也不敢與無火和周沐風等多言，忙率領兒子手下，抱起陸鴻運的屍身，狼狽離去。

無火和周沐風眼見陸家手段卑鄙，無所不用其極，都不禁暗暗搖頭。二人見事情演變至此，都十分後悔自己曾聽信陸鴻運的汙衊之詞，懷疑張潔品行有虧，無端得罪了點蒼一派。

周沐風咳嗽一聲，說道：「張少俠，此間事情，我等也是到此刻才看清真相。姓陸的果然一心想殺死這小女孩，手段卑鄙，我等眼見為信，閣下所言果然不虛。」

無火道：「至於那趙老闆究竟是不是無影神盜，只憑陸鴻運一面之詞，也教人難以盡信。總之我二人無心捲入這場糾紛，一切憑張少俠作主便是。」說完向張潔行禮，率領門人告辭而去。

張潔傲然站在當地，一言不發，眼光更不望向無火和周沐風等人，嘴角露出冷笑。

第二十四回 天涯歸宿

卻說張潔在杏風酒肆休養了數日，身上傷勢略復。

這日午後，他幾經思量，起身下床，經過廚房門口，從小窗中望去，正見到文素在院中晾起剛洗好的衣衫。她背對著門，彎腰從木盆中取出一件灰布衣衫，在溫暖的陽光下使勁抖了抖，舉在身前，忽然將那衣衫湊在臉上，似乎在聞嗅那衣衫上的味道。

張潔臉上不禁一熱。他見到那正是自己的衣衫。

良久，文素才將那衣衫拿開，小心翼翼地將它掛上竹竿，好似那衣衫裡真的有個人一般。

張潔從那一方窗戶中，望著她小小的身影忙著晾曬衣衫，兩條長長的辮子垂在背後，一時竟自癡了。

他吸了一口氣，心中正思量的主意更加堅定，便舉步來到堂上。

趙真正將酒杯酒壺一一收入籃中，見張潔來到櫃檯之前，抬頭對他微微一笑。

張潔將佩劍橫放在櫃檯之上，微微頷首，神情凝重，沉吟良久，卻不發言。

趙真望向面前這個年輕人，她通達的眼神早已看透他是為了甚麼而來，心中有些酸苦，也有些溫甜。她望著張潔欲語又止的模樣，微微不忍，伸手取過一罈滿堂春，倒了一杯遞過去給他。

張潔謝過了，拿起酒杯，一飲而盡，開口道：「趙老闆，我有一事相求。」

趙真道：「你說罷，若是合情合理、有情有義的事兒，我怎會不答應？」

張潔臉上微微一紅，說道：「我正是為了文素而來。」

趙真道：「你想帶她走？」

張潔點了點頭，說道：「我明日回川，立即稟告家師和父母，即日便來迎娶文素。趙老闆，妳可願意讓文素跟我去？」

趙真微微一笑，說道：「你來問我，我很高興。但我無法回答你，能回答你的只有文素。她若願意跟你，我不讓也不行。」

張潔吁了一口長氣，臉露笑容，行禮說道：「多謝趙老闆成全！」頓了一頓，又道：「張潔一生一世，都將盡心竭力令她平安喜樂，決不讓她受到半點委曲。」

趙真點了點頭，眼中含淚，轉過頭去，輕聲說道：「張少俠，該謝你的是我。」

張潔拿起長劍，回身出了酒肆，走向後院。

趙真望著他的背影，眼淚不自禁撲簌簌而下。她趕緊抓起酒巾擦拭眼淚，對自己道：

「這是好事啊。妳哭個甚麼？」

大雨停後，江上煙霧瀰漫，初晴的陽光將水光山色添上一片新鮮的光彩。一艘溯江而上的船隻正張帆起錨，準備啟航。張潔站在船頭，抬頭凝望著岸上的文素，眼中露出熾熱的懇求，卻默然無言。他高傲的性子不容許他在眾人面前開口求懇，但眼神中的祈盼之意卻再明顯不過。

趙真站在文素身旁，側頭見她淚水盈眶，咬著嘴唇，心中明白這不是一對就將重見、誓願廝守一生的情侶分別時的景況。她低聲問道：「怎麼了，妳沒有答應他？」

文素靜了一陣，才搖頭道：「真姊，我不要離開妳。我不能留下妳一個人！」

趙真心中一酸，低下頭來，在她耳邊說道：「真姊還有八十年好活，難道妳要陪我陪到頭髮都白了？妳聽我說，真姊永遠都在這兒的，妳的潔哥卻只有一個，這一去就不會回來了。妳要懂得自己的心，珍惜眼前的人，掌握妳應得的幸福！」

文素聽了趙真的話，呆在當地，兩行眼淚成串流下。她隔著淚水望向船上的張潔，又轉過頭望向趙真。趙真微笑地望著她，眼神中有鼓勵，有不捨，更有無盡的關愛。她沒有再催促文素，這是文素自己得做的決定。她只想文素知道，真姊決不會站在文素和她的幸福之間。

文素回頭望向張潔，忽然發足奔上前去，跳上船頭，站在他的面前。

張潔低頭望向她，文素伸手抹去眼淚，哽聲道：「潔哥，我跟你去！你要我隨你回點蒼山，我就隨你回點蒼山。你要我跟你浪跡江湖，我就跟你浪跡江湖。要我陪你一生一世，我就陪你一生一世！」

張潔露出微笑，望著眼前這個水做的女孩兒，她的柔情，她的決斷，她的眼淚。他伸手替她擦去眼淚，說道：「下回月圓之前，我定會回來接妳。」

文素點了點頭，清亮的雙眸凝望著面前的情郎，天真的臉龐露出甜美的微笑，似乎一切美好的未來，已活生生地鋪展在她的面前。

趙真站在岸旁，望著張潔的小船向上游行去。文素躍回岸上，沿著岸邊追著小船快奔，不斷揮手，臉上滿是燦爛的笑容。趙真心中又悲又喜，又甚感欣慰：「文素找到了她的歸宿，此後我便不必再為她操心啦。」

她聽得身後腳步聲響，一人抬著沉重的行李走上前來，在她身邊停下略息。趙真知道那是葉舟，他開口道：「水低了，能行船了。我這該上路了。」

趙真轉頭望向他，微笑道：「是時候了。祝你一路順風。」

葉舟舉目望向遠處終於停下步來的文素，說道：「張潔是個好男子，妳放心罷。」

趙真輕嘆道：「這我何嘗不知，又怎會不放心？」

葉舟道：「與其跟著妳漂泊一世，她一個女孩兒家，能有自己的歸宿總是好的。」

趙真聽到「歸宿」兩字，心中不禁一動。她想起自己流離漂泊的上半生，江湖風波險惡，難道自己便從未想過要尋找一個歸宿？

然而，這世上真有我趙真的歸宿麼？就算有，我又為何定要永遠停泊在一處？

她正想著心事，卻聽葉舟問道：「妳有甚麼打算？」

趙真一笑，說道：「天涯何處沒有杏花村？何處不能有杏風酒肆？」

葉舟哈哈一笑，說道：「說得好！」走向岸邊，跳上自己的小舟，放好行李，解開麻繩，拿起船槳。他抬頭望向趙真，黑黝黝的臉上露出爽朗的笑容，叫道：「我去了！」揮揮手，一撥船槳，小舟便順流向下游漂去。

趙真也揮手道別，望著漸漸遠去的舟影，嘴角露出微笑。她終於看清了自己的歸宿；那就和葉舟的歸宿一樣，是在滔滔江水之中，天涯浮雲之際。所謂歸宿，就是沒有歸宿，也就是她的歸宿。

此後的趙真，便和之前的趙真一般，在如江水般不肯稍歇的歲月流轉之中，在春花秋月、夏風冬雪的交替之中，滿足而堅定地守在人生最光燦亮麗的一刻。

（完）

後記

〈古宅風情〉是我在二〇〇七年寫成的短篇，因《明報》馬家輝大哥邀稿而寫，曾在《香港明報》連載，後來二〇〇八年也曾在《台灣明報》連載。這個短篇寫於《靈劍》之前、《天觀雙俠》出版之後，講的是「風中四奇」中年紀較幼的二人——容情和采丹的童年經歷，這兩個孩子如何相遇，又如何被天風老人收為弟子。嚴格說來這個短篇應算是《天觀雙俠》的番外篇，事實上三個短篇都是以《神偷天下》、《靈劍》、《天觀雙俠》三部曲為背景，文字感覺比較古老，接近我早期的寫作風格。

〈劍徒〉約寫於二〇〇八年，講述一位鑄劍大師的生平故事，發生在《天觀雙俠》和《靈劍》之前更早一些，沒有明確的年代，故事中的江湖門派也與後期大不相同。這篇著重於情和義的描寫，我主要想寫的是一種消失已久的，「俠」的典範。這個故事較為悲哀沉重，多年之後重讀，仍讓我看得眼眶發熱，心情沉鬱，低迴難已。故事中的史青雲、雪月、劍徒和劍狂，個個都是俠的典範；他們懷著堅定的原則，隱忍著一切痛苦辛酸，只為了追求一種單純的正道。〈劍徒〉是短篇中最能打動我的一篇。

〈杏花渡傳說〉是我在大約二〇〇一到二〇〇二年間寫成的武俠中長篇，為了《信報》邀稿，才在二〇一一年夏天又潤飾加長了一些，算是練筆之作。

寫〈杏花渡傳說〉時受到沈從文《邊城》的影響，那湘西渡口上天真純潔的擺渡姑娘和她乾淨單純的愛情，是我非常嚮往的意境。文素大約有幾分翠翠的影子罷！

趙真則是我一直很想試圖塑造的人物——一位特立獨行的成熟女性。她爽朗美貌但不追求愛情，永遠獨立自主，決不依靠倚賴他人。她年輕時雖曾走上錯路，但卻始終堅強，始終倔強。許多女人會嚮往有個歸宿，趙真卻知道自己是個沒有歸宿的女人，而她也並不需要一個歸宿。在這一點上來說，她和葉舟是同一類的人，都不願受到束縛，寧可選擇自由自在，任心隨意，終其一生。

這本書的背景和《天觀雙俠》是相同的，大約發生在《天觀雙俠》故事結束之後，人物有些重疊。趙真姓趙的原因和趙觀姓趙是一樣的，都是受到清召大師的影響。清召是個有趣的人物，他雖是少林高僧，卻又犯淫戒又犯酒戒，只因他的一身俠氣正氣，加上他的公正無私，才令他廣受武林敬重。

這篇寫在《神偷天下》之前，因此故事中完全沒有提到當年的偷盜家族三家村或神偷楚瀚。當然也可解釋到了趙真的年代，三家村早已煙消雲散，不復為所人知了。後來改稿時才在幾處略略提到在《神偷天下》中出現過的事物，如漢武龍紋屏風和百靈鑰等。

張潔只短暫在《天觀雙俠》中出現過。他去銀瓶山莊求親時，每過一關總是一馬當先，是個高傲不群的少年俠客。他那時只服了兩個人：天龍石斑和凌昊天。石斑早喪，凌昊天卻仍和張潔保持聯繫，兩人常在一起喝酒。這故事中張潔年紀大了些，但在感情上仍是一片空白，如同個青嫩的少年。他在這個故事中受到如水一般純淨的文素所感動，才漸漸明白情之為物。他敢於追求，文素也敢於回應，他們的未來應是相當光明的。

文素的身世淒慘醜陋，所幸她自己並不知道。趙真十分謹慎，她從未將文素的身世告訴張潔，自是希望這個祕密可以永遠保守下去。在黑暗混亂的江湖中，也能隱藏著一絲光明，醜陋的過去是可以忘卻的，只要保持心中的純真，未來也可以是平坦光明的。

我感覺短篇比長篇好寫得多。修飾改稿可以在幾天之內完成，不像長篇，動輒幾十萬字，自己看過一遍都要花上好幾個月的時間，修改就更久了。《天觀雙俠》花了我七、八年的時間寫成，之後又重閱修改了無數次。有幾次改過之後就放在那兒，過幾個月再回頭去看，感覺又會不同，又能挑出許多新的毛病。每次改稿都得花上至少三、四個月的時間，一直改到最終一稿，我仍有很多不滿意的地方。要完成一部長篇小說，真是要花費超大量的時間和精神！

短篇雖簡單快捷，但難在故事必須非常精練，人物不能多，沒有長篇那麼大的揮灑空間。短篇要寫得成功，只怕也同樣不容易罷！

這十多年來，我寫出了《天觀雙俠》、《靈劍》、《神偷天下》、《奇峰異石傳》、《生死谷》以及《巫王志》六部長篇小說，加上這本早年寫的短篇集，感覺武俠創作已來到了一個臨界點。未來幾年將進入休息期，盼能養精蓄銳，充實底蘊，重新出發！

鄭丰

二〇一八年六月六日

奇幻基地書籍目錄

http://www.ffoundation.com.tw/

境外之城

書號	書名	作者	定價
1HO003	天觀雙俠．卷一	鄭丰（陳宇慧）	250
1HO004	天觀雙俠．卷二	鄭丰（陳宇慧）	250
1HO005	天觀雙俠．卷三	鄭丰（陳宇慧）	250
1HO006	天觀雙俠．卷四（完）	鄭丰（陳宇慧）	250
1HO020	靈劍．卷一	鄭丰（陳宇慧）	250
1HO021	靈劍．卷二	鄭丰（陳宇慧）	250
1HO022	靈劍．卷三（完）	鄭丰（陳宇慧）	250
1HO025	神偷天下．卷一	鄭丰（陳宇慧）	250
1HO026	神偷天下．卷二	鄭丰（陳宇慧）	250
1HO027	神偷天下．卷三（完）	鄭丰（陳宇慧）	250
1HO038	奇峰異石傳．卷一	鄭丰（陳宇慧）	250
1HO039	奇峰異石傳．卷二	鄭丰（陳宇慧）	250
1HO040	奇峰異石傳．卷三（完）	鄭丰（陳宇慧）	250
1HO045	都市傳說 1：一個人的捉迷藏	笭菁	250
1HO046	都市傳說 2：紅衣小女孩	笭菁	250
1HO047	都市傳說 3：樓下的男人	笭菁	250
1HO048	雙併公寓	張苡蔚	250
1HO049	都市傳說 4：第十三個書架	笭菁	260
1HO050	都市傳說 5：裂嘴女	笭菁	260
1HO051	都市傳說 6：試衣間的暗門	笭菁	260
1HO052X	生死谷．卷一（彩紋墨韻書衣版）	鄭丰（陳宇慧）	300
1HO053X	生死谷．卷二（彩紋墨韻書衣版）	鄭丰（陳宇慧）	300
1HO054X	生死谷．卷三（彩紋墨韻書衣版）(最終卷）	鄭丰（陳宇慧）	300
1HO055	都市傳說 7：瑪麗的電話	笭菁	260
1HO056	都市傳說 8：聖誕老人	笭菁	280
1HO057	殭屍樂園解壓塗繪本	盧塞里諾	320
1HO058X	古董局中局（新版）	馬伯庸	350
1HO059	古董局中局 2：清明上河圖之謎	馬伯庸	350
1HO060	古董局中局 3：掠寶清單	馬伯庸	350
1HO061	古董局中局 4(終)：大結局	馬伯庸	420
1HO062	都市傳說 9：隙間女	笭菁	280
1HO063	都市傳說 10：消失的房間	笭菁	280
1HO064	都市傳說 11：血腥瑪麗	笭菁	280

1HO066	都市傳說 12（第一部完）：如月車站	笭菁	280
1HO067G	樂瘋桌遊！趣味無極限、經典暢銷必玩 30 款奇幻桌遊冒險！	愛樂事編輯部&賴打	599
1HO068	都市傳說第二部 1：廁所裡的花子	笭菁	300
1HO069	都市傳說第二部 2：被詛咒的廣告	笭菁	280
1HO070	巫王志．卷一	鄭丰	320
1HO071	巫王志．卷二	鄭丰	320
1HO072	巫王志．卷三	鄭丰	320
1HO073	都市傳說第二部 3：幽靈船	笭菁	280
1HO074	恐懼罐頭（全新電影書封版）	不帶劍	350
1HO075	都市傳說特典：詭屋	笭菁	280
1HO076	都市傳說第二部 4：外送	笭菁	300
1HO077	有匪 1：少年遊	Priest	350
1HO078	有匪 2：離恨樓	Priest	350
1HO079	有匪 3：多情累	Priest	350
1HO080	有匪 4：挽山河（完）	Priest	350
1HO081	都市傳說第二部 5：收藏家	笭菁	300
1HO082	巫王志．卷四	鄭丰	320
1HO083	巫王志．卷五（最終卷）	鄭丰	320
1HO084	杏花渡傳說	鄭丰	250

城邦文化奇幻基地出版社

Fantasy Foundation Publications

http://www.ffoundation.com.tw；https://www.facebook.com/ffoundation/

TEL：02-25007008 FAX：02-25027676

杏花渡傳說——鄭丰武俠短篇精選集

作　　者／鄭丰
企劃選書人／王雪莉
責 任 編 輯／王雪莉
版權行政暨數位業務專員／陳玉鈴
資深版權專員／許儀盈
資深行銷企劃／周丹蘋
業 務 主 任／范光杰
行銷業務經理／李振東
副 總 編 輯／王雪莉
發　行　人／何飛鵬
法 律 顧 問／台英國際商務法律事務所　羅明通律師
出版／奇幻基地出版
城邦文化事業股份有限公司
台北市 104 民生東路二段 141 號 8 樓
電話：(02)25007008　　傳真：(02)25027676
網址：www.ffoundation.com.tw
e-mail：ffoundation@cite.com.tw
發行／英屬蓋曼群島商家庭傳媒股份有限公司城邦分公司
台北市 104 民生東路二段 141 號 11 樓
書虫客服服務專線：(02)25007718・(02)25007719
24 小時傳真服務：(02)25170999・(02)25001991
服務時間：週一至週五09:30-12:00・13:30-17:00
郵撥帳號：19863813　　戶名：書虫股份有限公司
讀者服務信箱 E-mail：service@readingclub.com.tw
歡迎光臨城邦讀書花園 網址：www.cite.com.tw
香港發行所／城邦（香港）出版集團有限公司
香港灣仔駱克道 193 號東超商業中心 1 樓
電話：(852) 2508-6231 傳真：(852) 2578-9337
e-mail : hkcite@biznetvigator.com
馬新發行所／城邦（馬新）出版集團
【Cite (M) Sdn Bhd 】
41, Jalan Radin Anum, Bandar Baru Sri Petaling,
57000 Kuala Lumpur, Malaysia.
Tel: (603) 90578822　　Fax:(603) 90576622
email:cite@cite.com.my

封面設計／陳文德
排　　版／極翔企業有限公司
印　　刷／高典印刷有限公司
■2018 年（民 107）7 月 26 日初版一刷
■2022 年（民 111）9 月 29 日初版7.5刷

售價／250元

國家圖書館出版品預行編目資料

杏花渡傳說 / 鄭丰著. -- 初版. -- 臺北市：奇幻基地,城邦文化出版：家庭傳媒城邦分公司發行,（民107.08）
冊；公分

ISBN 978-986-96318-7-7 (平裝)

ISBN　978-986-96318-7-7
Printed in Taiwan.

奇幻基地官網及臉書粉絲團
http://www.ffoundation.com.tw/
http://www.facebook.com/ffoundation

鄭丰臉書專頁
http://www.facebook.com/zhengfengwuxia

廣　告　回　函
北區郵政管理登記證
台北廣字第000791號
郵資已付，免貼郵票

104台北市民生東路二段141號11樓

英屬蓋曼群島商家庭傳媒股份有限公司城邦分公司 收

請沿虛線對摺，謝謝

每個人都有一本奇幻文學的啓蒙書

奇幻基地官網：http://www.ffoundation.com.tw
奇幻基地粉絲團：http://www.facebook.com/ffoundation

書號：**1HO084**　　書名：杏花渡傳說——鄭丰武俠短篇精選集

請於此處用膠水黏貼

讀者回函卡

謝謝您購買我們出版的書籍！請費心填寫此回函卡，我們將不定期寄上城邦集團最新的出版訊息。

姓名：______________________________ 性別：□男 □女

生日：西元__________年__________月__________日

地址：______________________________

聯絡電話：__________________傳真：__________________

E-mail ：______________________________

學歷：□ 1.小學 □2.國中 □3.高中 □4.大專 □5.研究所以上

職業：□ 1.學生 □2.軍公教 □3.服務 □4.金融 □5.製造 □6.資訊

□7.傳播 □8.自由業 □9.農漁牧 □ 10.家管 □11.退休

□ 12.其他______________________________

您從何種方式得知本書消息？

□ 1.書店 □2.網路 □3.報紙 □4.雜誌 □5.廣播 □6.電視

□7.親友推薦 □8.其他______________________________

您通常以何種方式購書？

□ 1.書店 □2.網路 □3.傳真訂購 □4.郵局劃撥 □5.其他

您購買本書的原因是（單選）

□ 1.封面吸引人 □2.內容豐富 □3.價格合理

您喜歡以下哪一種類型的書籍？（可複選）

□ 1.科幻 □2.魔法奇幻 □3.恐怖 □4.偵探推理

□5.實用類型工具書籍

您是否為奇幻基地網站會員？

□ 1.是□ 2.否（若您非奇幻基地會員，歡迎您上網免費加入，可享有奇幻基地網站線上購書75 折，以及不定時優惠活動：http://www.ffoundation.com.tw/）

對我們的建議：______________________________

____

____

請於此處用膠水黏貼